U0013628

一品仵作

參

MY FIRST CLASS
CORONER

鳳今

目錄

第一章

軍中受封

暮青轉身，她離元修最近。

這是一生中她與他第一次相見，他在戰馬之上，披甲冑戰袍，宛若戰神。她在人群前方，一身傷痕，眉眼被血糊住，不見容顏。

「都在，好樣兒的！」元修下馬，望著五人道。

魯大和老熊咧嘴直笑，章同和韓其初不由站直了軍姿。

唯暮青問：「大將軍從何處來？我們有一人持魯將軍的兵符回葛州城請援，敢問大將軍路上可遇見此人？」

元修望向暮青，那眸望人一眼，便讓人覺得天如洗星河燦，如見雲天萬里。

「你是周二蛋？」元修笑問。

「是，大將軍怎知？」

新軍一路行軍，定有軍報往來邊關，她行軍途中之舉，魯大應飛信報與元修了。但此時章同也在，他為何一眼便能認出她來？

元修眼底忽起欣賞笑意，抬手一拍她肩膀，「那小子說了，第一個問他死活之人定是你！不枉他飛馬疾馳一日夜，腿都磨破了。」

暮青眉心微蹙，隨即鬆開，月殺沒事就好。

她那細微的神情沒逃過元修的眼，他手一抬，見掌心沾著些半乾的血，笑意頓斂，「受傷了？軍醫！」

「在！」一聲高喝傳來，只聽馬蹄聲起，馳來一人。那人是個少年，玄衣黑甲，膚色黝黑，目光如鐵，若不出列，哪有人能瞧出他是軍醫？儼然便是精騎隊中一先鋒小將。

這少年是吳老的弟子，名叫齊賀，年紀雖輕，醫術卻頗為高明。

暮青不敢讓他治傷，說道：「傷不要緊，下俞村那邊有馬匪的弓手，大將軍趕在他們前頭了，這些弓手如今不知到哪兒了，採一探的好。」

「來村中前便有斥候去探了，我來了一切就交給我，你們安心養傷。」元修一笑，那眉宇叫人想起大漠翱翔的蒼鷹。

暮青卻只想皺眉，正在想如何躲過這治傷的事去，忽見一名精兵擠過人群，來到元修身邊，附耳低聲報了一句。

元修轉頭，眉頭深鎖。

暮青見了，臉色也跟著一沉，道：「我去看看！」

元修望來，眸中生出異色。

暮青道：「我看得懂脣語。」

剛才那精兵所報的是下俞村發現了百名馬匪弓手，但人都死了，且頭顱都被人斬了去！

下俞村，家家戶戶緊閉著門，寂靜猶如死村。

村前道路上一派森然景象，地上橫七豎八倒著百餘無頭屍，身上穿著馬匪的衣服，手上拿著弓，背上背著箭筒。一具具屍身皆趴在地上，腔子朝著眾人來的方向，像一個個匍匐在地的朝聖者，只是沒有了頭。

血染紅了村路，風裡濃郁的血腥氣。這景象沒有上俞村伏屍如山的慘狀，卻因一致的死法而顯得更森然，更恐怖。

「有火把嗎？點起來！」暮青一人去了路上，將百餘無頭屍大致看了一遍。

「死亡姿勢一致，俯臥位，頭朝上俞村，手中都握著弓，背後箭筒的箭數都一致。死亡時沒有一支箭拿出來、搭在弓上，或者是落在地上，說明這些人是同時被殺的，對方下手很快，根本沒有給他們反抗的機會。不要說反抗，這些人死前連反應都沒有。如果知道有敵襲，他們定然會轉身，死時會有人頭朝後方，或者別的方向，可是看看這些人，隊形一致，血潑灑的方向一致，說明所有人都是在一瞬間被殺，且是從背後被襲擊。對方是高手，要做到同時殺百人，人數不會少。」

暮青只看了一眼便推測出了人被殺時的情形，元修目光微亮，但聽她所言，眉宇又有些沉。

暮青蹲在地上，眉頭也皺著。

案發現場會說話，是現場告訴她以上的推斷，但她自己卻想不通。

同時殺百人，這怎麼可能？

世上許有高手能做到此事，但讓她想不通的是，村子路窄，百餘人走在村路上，一排只有三人。這是一條長隊，凶手從背後殺人，也許能做到一擊殺死最後一排人，如何能做到一擊殺死三十多排人？

怎樣的高手能做到此事？她想不通，除非武器特殊。

這時，火把點了起來。

暮青檢查屍身的傷口，忽然愣了。

火光照著百來具屍身，除了頭顱不見了，屍身不見任何傷口。即是說，這百餘馬匪都是被一擊斃命，致命傷就在脖子上。

她起先以為，凶手是在殺人後才斬去馬匪頭顱的。但是火把的光亮一照，她發現這些屍身脖子上的創緣都呈一種狀態——後頸處的皮肉內縮，喉口處的皮肉向外扯出，有一些碎肉在血泊裡。

這說明這些馬匪不是在死後才被斬下頭顱的，而是被一種高速的手法所殺，只有速度和慣性才能呈現出這種創緣。

凶手沒有那麼麻煩地殺人斬頭，而是直接把人頭割下帶走了。

凶殺案件，被害者的頭顱被斬下帶走，凶手通常只有幾個目的。一是掩蓋被害者的身分，二是與被害者有特別的仇恨，三是出於變態目的。今晚的事，以上三點都不像。

這百餘人穿著馬匪的衣衫，手拿弓箭，往上俞村而去，身分很明顯，斬去頭顱也無法掩蓋。若凶手與馬匪有特別的仇恨，上俞村一日夜的苦戰，來了數百馬匪，凶手為何不去殺那些人，卻偏偏是這一百人？至於變態目的，收藏一百個馬匪頭顱？也許有可能，但為何偏偏是今晚，又為何偏偏是在這百人弓手準備伏殺他們的時候？

凶手殺了這些人，無論目的是什麼，今夜苦戰在上俞村的他們五人都是受益者。

這不能不讓人往一個方向想——凶手出手殺人，為的是救他們。

可為何要在殺人後帶走馬匪的頭顱？她只能做出一個猜測，那就是為了隱藏殺人的兵刃。

因為假如此時的村路上，百具屍身躺著，頭顱飛出一地，很容易被人猜出這些馬匪是被人一擊削掉頭顱的，那麼兵刃很有可能會被看出來，畢竟高速的殺人兵刃在這時代很少見，很特殊，特殊到一旦兵刃被人看出來，做下此事的人身分就會暴露。

帶走頭顱，為的是混淆視線。

那麼，既想救他們，又想隱瞞身分，武藝高強，兵刃還特殊到可以行此高速殺人之事的人，會是誰？

答案呼之欲出。

暮青低著頭，指尖兒觸在那冰冷的腔子創緣，月光落在她肩頭，地上百具無頭屍，她的姿勢卻像是在撫摸，西風在村路上呼號，忽添詭氣。

「屍身……」就在村頭路上等待的人都露出古怪神色時，暮青開了口。她驗屍斷案，向來果斷，這一次不知為何有些猶豫艱難：「屍身上沒有其他傷口，所有人都是一擊斃命，創口齊整，是被殺後斬斷頭顱的，對方是職業殺手。看來這些馬匪……仇家不少。」

暮青低著頭，半張臉沉在陰影裡，沒有人看見她微微閉起的眼。

她錯報了被害者的死亡方式，被殺後才被斬下頭顱和一擊削掉頭顱，凶器的推斷會相去甚遠。

她誘導了查找凶手的方向，指向馬匪的仇家。

這些都違背了她的職業道德。

兩世，她以天下無冤為理想，從沒有想過替凶手隱瞞罪案的事有一日會發生在她身上。今夜之前，她是不能容忍罪案的人，今夜之後，她不配再有陰司判官之名。

但，她並不為今夜的決定後悔。

誰讓做下此事的是他的人？

只有他的影衛用的兵刃是細絲，只有這類兵刃才能有條件做下今晚之事，只有他才會救她。

他遠在江南，遠在汴河，遠在千里之外，卻依舊解了她今夜之險。從這些人屍僵的程度判斷，從今夜那為首的馬匪焦急的神態判斷，這些弓手本應早該到了上俞村才是。人遲遲未到，是因為早就被殺了。

這些人死在西北軍精騎先鋒到來之前，今夜救了她的人，其實是他……

她不知他在西北有多少影衛在，這些人又在何處潛伏暗藏，但既然這些人在西北，想來必有用處。

今夜為了救她，他動用了暗處的力量，冒著暴露的風險，她怎忍心將他的勢力推出來？這些人，為今夜之事動用，誰知日後需不需要重新安排，又會耗費他多少心血？

他耗去這些心血，只為千里之外救她一命，她便為他捨了那陰司判官的名號又如何？

「這條村路很窄，又是土路，屍體伏在地上，血掩蓋了很多痕跡。路前後方探查時破壞了現場，一些線索已經看不出來。對方是職業殺手，也沒留下有價值的線索。」暮青起身，做此陳述就表示今夜之事要永久成為疑案了。

元修蹙眉深思，他並未親眼見過暮青斷案的能力，因此並不為她只提供了這點線索而失望，事實上她提供的線索不少——凶手是從背後殺的人，有瞬殺百人的功力，殺人後斬下頭顱帶走了。

他只是一時想不出西北的地界上有哪些人符合這些推斷。

魯大、老熊、章同和韓其初也跟了過來，四人都覺得暮青今夜結案結得有些快，但她的本事他們都領教過，她既然如此說，那便是錯不了了。

「會不會是胡人？」魯大猜測，見元修轉頭看來，他才道：「這事兒跟馬寨有關，昨天晚上才知道的，還沒來得及送軍報給大將軍，回去再說！」

「好！今夜就在村中歇息，且回去。」元修道。

眾人得令，便要隨他一同回上俞村。

這時，後頭忽聞馬蹄聲，一名精騎馳來，下馬便報道：「報！報大將軍，馬寨有異動，有馬匪自寨中逃出，斥候隊將人抓來審了，得知匪寨的大當家、二當家、三當家、教頭等二十三名大小頭目今夜全部被殺，頭顱皆不翼而飛！馬寨已大亂！」

元修眉宇微沉，夜風忽冽，星河疏淡，見了飛雪，「傳令！出寨的馬匪殺無赦，探探有無密道，將出路都堵了，不得使一匪流入鄉里！」

「是！」那精兵得令，上馬疾馳而去。

「一定是胡人！」魯大道。

馬寨那大當家常與一黑袍人夜裡相見，那黑袍人為他提供戰馬，那些戰馬又頗像胡馬。

這事兒怎麼瞧都是馬寨預謀之事敗露，一寨頭領被人殺人滅口。

「何以見得？」

「這事兒說來話長，先回上俞村，那村長家裡還留著四個馬匪，大將軍一問就知道了。」

「好！回村！」元修道。

暮青走在最後，抬頭望西北的夜空，目光向著江南。

從今往後，她再不是自己認為的那剛正之人。

但，無悔。

村長家中有六間房，村長父子住了兩間，元修和魯大一間，老熊和韓其初一間，章同和暮青一間，還有一間住著齊賀和精騎隊的都尉，其餘人都分散在村中百姓家中住下。

回村之後，暮青治傷之事再無可避，她便乾脆不避了，直言不喜人治傷，要了盆溫水便要自己處理傷口，並請無關人士出去時順手關門。

「我不懂你為何有軍醫不用！」齊賀氣壞了。

「我孤僻。」

齊賀一口血悶在喉口，孤僻？從未聽過這等理由！

「你脾氣衝，影響我心情。」暮青放下烤好的剪刀，這個理由夠了不？

齊賀眼前發黑，軍中不比家中，受了傷有得治能保住命就不錯了，誰還管心情？這小子怎麼這麼難伺候？

從未被人這般嫌棄過，齊賀一時難以接受，再不多言，甩袖憤然離去。

門口，章同一臉苦笑，問：「真的不用幫忙？我……我可以不看。」

「不看如何幫忙？」

章同頓時無話，明白她總要顧及清譽，於是沉默了片刻，嘆道：「那妳處理吧，我在門口守著。」

房門插好，暮青將被褥掀了挪去一旁，端過水盆，拿來巾帕、剪刀、傷藥、銅鏡和燭臺，放了帳子，進了床榻。

她身上有兩處刀傷，一處在左肩，一處在右後腰。她拿起剪刀將衣衫剪了，暗紅的血塊襯得肌膚格外勝雪，銅盆裡的水漸成鮮紅顏色，巾帕一次次丟去水裡洗，一次次拿起敷在肩頭和腰身，直到傷口上的乾血化開，暮青才將那黏在傷口上的衣衫碎片揭下。

那衣衫碎片上連著層皮肉，帶著藥膏和化開的乾血，鈍刀割肉般的痛，讓暮青肩頭漸起一層細密的汗，瑩瑩一片。傷口被敷得發白，周圍皮肉需要剔掉才能上藥。

暮青挑了把從未殺過人的解剖刀，放在火上烤了烤，一手執鏡，一手執刀，慢慢割向肩頭。

燭光映著暖帳，本是窈窕影，添了刀光色……

元修和魯大的屋裡砌著暖炕。

西北八月的天兒，夜裡不生暖炕，炕頭上置了張矮桌，上頭放著軍報，元修和魯大各坐一旁，就著燈火看軍報。

那四名馬匪已經審過了，綁去了柴房裡，有人看著。

元修低頭瞧著軍報，火苗照著眉宇，忽明忽暗。半晌，他將軍報往桌上一丟，道：「不是胡人。」

「不是？」魯大也丟下手上軍報。

「若是胡人，殺寨中匪首尚說得過去，殺下俞村百名弓手卻說不過去。」

魯大愣了愣，抬手摸向下巴，沒摸到鬍子，他有些不習慣，略顯煩躁，「娘的，那是誰幹的？殺匪首的和殺弓手的顯然是一撥人，這到底是在幫咱還是在搗亂？」

殺了下俞村那些弓手，正巧救了他們的命，看起來像是在幫西北軍。可是，那些人又殺了馬寨的匪首，那匪首他們還想著抓活的，審出戰馬的來路、他們的目的和那黑袍人的身分，如今人都死了，線索全斷了！

「許是為了幫咱們，今夜我若不來，寨中匪首一死，馬匪群龍無首，定不會再有人有心思來上俞村殺你們。」

「幫咱們？那幹啥神神祕祕的不肯露臉？」

「簡單，不想叫咱們知道身分。」元修笑道。

「啊？」魯大有些不相信，「幫咱還隱姓埋名？」

幫他們就說明對西北軍沒敵意，那有啥遮掩的？

元修也一時想不通西北地界上有哪路人馬幫了西北軍，卻不想留名的。

魯大道：「反正匪首死了，啥都不好查了。那些馬到底從哪運進來的？這事兒不查清，晚上睡覺都得睜隻眼！」

五、六千匹來歷不明的戰馬就這麼出現在了西北軍後方，這叫人怎麼睡得著？

「那些馬不是胡馬，體態相似，卻不及胡馬的野性，跑起來步幅也小些。但也不是咱們軍中戰馬，瞧著是新培育出來的。自年前戰事起，邊關戒嚴，胡人探子有法子進來，馬卻不能，五、六千匹，縱然分了幾批，目標也太大。應是趁著戰事，咱們的心思都在前方，悄悄從後方運進來的。」元修輕描淡寫道。

「後方？」魯大被這猜測驚住，「這怎麼可能？養馬得有馬場，西北的馬場都在官府登記著，再說這麼多馬，想偷偷養著，不叫咱發現也不可能啊！」

「未必是西北，也可能是青州。」元修道，眸底清光刺人眼，身在農家屋中，那目光卻似須臾千里，已在西北之外。

「青州？」

「不然呢？你以為呼延昊有本事深入青州，那些機關短箭他也有本事一個人扛去？」

魯大不說話了，他還真沒把這兩件事放在一塊兒考慮。

「青州定有助他之人，匪寨之馬，雖非胡馬卻有胡馬血統，此事與胡人脫不了關係。馬養在西北會被咱們發現，青州卻非咱的地界，青州十萬山，草原，谷地，鹽湖，深山，都是養馬的好去處。」元修輕輕敲著桌上軍報，下了定論：「青州，須查！」

屋裡一時靜了，魯大狠皺著眉頭。大將軍一來，事情的方向便清晰了，但總叫人覺得心頭明朗不起來，彷彿嗅到了陰謀的味道。

若青州真有人幫著胡人蓄養戰馬，助胡人深入大興腹地，此事已關係江山社稷，有通敵賣國謀反之嫌。

西北軍死守邊關十年，多少將士血染沙場，是誰他娘的在他們身後通敵賣國！

魯大眉宇沉沉，屋裡氣氛靜著，只聞燭火劈啪聲。過了會兒，元修低頭拿起桌上軍報，屋裡又多了翻閱軍報的聲音。

這晚，暮青和章同睡一屋，章同打了地鋪，兩人一覺睡到了日上三竿，起來時發現元修已不在，聽聞是去了匪寨，昨夜有精騎八百里加急趕往新軍營帳，命新軍開往匪寨與西北軍會合，行剿匪之事。

元修本在邊關主持戰事，月前他一箭廢了勒丹王的右臂，勒丹五萬鐵騎退回烏爾庫勒草原以北，王帳生亂。

那幾日，老狄王病重，帳下五位王子，除了呼延昊未歸，其餘四人在王帳外吵了好幾日，王位之爭一觸即發，狄人十萬鐵騎撤回王帳，以防事變。五胡三十萬大軍幾日之內撤了一半，大軍退出百里，駐紮在烏爾庫勒草原邊緣。

元修布置了邊防後，這才有時間抽身來接新軍，他先前接到魯大的軍報，得知有三撥打探馬寨消息的斥候失蹤，趕來時帶了不少精兵同行，沒想到半路碰到來葛州城求援的月殺。得知了上俞村有險，元修領著百人精騎先鋒先行趕去救人，見月殺腿上有傷，便命他在後頭隨大軍慢行。

軍令難違，月殺這日早晨才到上俞村。

村中正有精兵在搬著馬匪的屍體，堆積如山的屍體，潑血的村路，燒得發黑的村牆，無聲訴說著那一日夜的艱難和慘烈。村口，一名少年負手而立，遙望遠方一騎馳來的戰馬。

月殺翻身下馬，一點兒也瞧不出腿受了傷。

那在村口等他的少年立得筆直，也瞧不出負著傷，只是那身寬大的衣袍罩在身上，遠遠瞧著彷彿一夜之間瘦了許多，晨陽落在少年肩頭，戰後的蒼涼滿了村路，蒼白暈染著臉頰，添了瘦弱。

兩人相望各自無言，都還活著比任何言語都讓人心安。

兩人去了村頭坡上，暮青道：「多謝。」

步惜歡遠在汴河行宮，無法預料她有上俞村之險，他應是將影衛的調用權給了月殺，昨夜下令殺下俞村百名弓手和匪寨頭目的人應是月殺，他的決定救了他們的命，這一聲謝她必須要說。

「不必謝我，謝主上吧。」這女人太聰明，但也太遲鈍！

「我雖是刺部首領，但西北的影衛我並無調動之權。臨行前，主上給了我在西北便宜行事之權，也給了我一封手信，命我不知如何行事時再打開。」月殺袖口一抖，一只錦囊已在掌心。

暮青接過來，那錦囊精緻，松香雪繡，裡面一方素絹，上面墨跡殷殷，只有八個字——若她有險，以她為先。

那筆跡乍一看藏鋒斂穎，首尾卻隱見鳳舞龍飛，頗有古今長在，乾坤凜然之勢。見字如見人，暮青望那八個字，忽覺難動。坡下有精兵經過，她垂下袖口，掌心裡一幅手信揉握成團，那被揉了的、成了團的，卻不知是誰的心。

月殺看暮青一張面無表情的臉，她不會知道這些西北的影衛耗費了陛下多少心血，但他知道。他知道這些力量一旦大動便要重新布置，所以在去葛州城報信的路上，他有些猶豫要不要調動這部分力量，也不知要保留多少才能既保她，又不傷陛下在西北的心血。其實，他現在還在後悔那晚打開了這只錦囊，打開的結果便是毫無保留。

「還有十天。」月殺冷不防地道。

暮青有些茫然。

月殺恨恨咬牙，「月末！」

月末是月殺定時往汴河傳遞消息的日子，在青州山裡時，他說她若有什麼要與步惜歡說的，可以寫信交給他。可是，那個月末她沒寫。

手信還在暮青手裡，月殺卻先下了土坡，往村長家中去了。

暮青在外頭吹了會兒風，直到心情平靜下來了才回去。

回到屋裡，暮青提筆，許久未落。

寫什麼？

謝謝？千里寄一個謝字，她不覺得她是那麼無聊的人。軍報？此事定有人做，她不覺得自己需要多此一舉。訴衷腸？她兩輩子加起來也學不會感性。

筆提了落，落了又提，總覺得有什麼想說，但又化不成字，糾結了半晌，終負氣丟了筆。

一封信而已，怎麼比屍單難寫這麼多？

再面目全非的屍體她都能尋到蛛絲馬跡，理清頭緒，可一封信而已，她心裡這長了草一樣的感覺怎麼就理不清呢？

在屋裡走了幾個來回，她才來到桌前重新提筆，幾筆便成一書，待乾了墨跡，折好出了門，尋了機會給了月殺。

暮青等人在上俞村住了五日，前方傳來軍報，匪寨剿平了。

新軍強行軍，三日到了匪寨與西北軍會師，元修親自坐鎮軍中大帳指揮剿匪，只憑新軍，斬馬匪四千三百七十二人，俘獲戰馬五千九百四十匹，救出百姓四百六十人，其中包括那失蹤的三批西北軍斥候。

這一仗雖漂亮，卻沒有暮青等五人孤守上俞村的戰果驚人。五個人，一日夜的苦戰，殺戰馬三百，馬匪八百二十四人，傷兩百三十人！軍中不認身分，只認拳頭，如此數字令人心折，如此壯舉令人敬佩！

暮青等人在上俞村前等著大軍，歸營時萬軍歡騰，如同迎接英雄歸來。

元修率西北軍精騎軍與五萬新軍將解救的百姓送入葛州城，在百姓的歡迎歡呼聲中過葛州城，經上陵、西陵、洛北重城，沿經鞍陽、承嘉等九縣，歷時半個月，入嘉蘭關。

大軍到達嘉蘭關那日，十數封密報經暗樁加急千里，入汴河行宮。

九月江南，淡煙細雨，不見明霞。

傍晚，玉殿窗前，香絲濃，花爛漫，遮半張瓊顏，隱約見紅袍窣地，華毯如金。

大殿明闊，華毯上置一龍案，蘭膏明燭照案上信報如雪。

密奏、軍報，雪箋墨跡，密密麻麻，唯一張粗黃紙靜躺其上，字疏言簡，只五個字——我很好，勿念。

晚風吹打花枝，煙雨飄灑窗欞，玉蘭輕落碎了窗臺一攤積雨，有人輕輕拈起，雨水溼了指尖，微涼。

很好？

行軍操練是好，自薦當餌是好，還是呼查草原孤坐五日夜，淋那一夜雨，夜半染了重風寒是好？抑或者，孤守上俞村，苦戰一日夜，殺敵八百，負傷兩刀，割肉療傷是好？

繁花後，男子垂眸，玉顏覆雪，薄唇緊抿，噙一抹寒涼的笑，指尖捏那玉蘭，似捏著某人脖子。

勿念！

這沒良心的女人！

念了兩個月，念來了她的勿念，他就知道千里傳書訴衷腸這等女兒情，她不會有。

放了手中那玉蘭，隨風雨送出窗臺，步惜歡拂袖行去那案前，望那信上簡字，那字跡清卓，落筆堅定有力，寫這信時，她身子當無大礙，只是這字收勢處鳳舞龍飛，略顯潦草，她那時很急？抑或者很為難，所以匆匆便作罷？

他拿起那信來，目光卻落在信下，那些雪片般的密奏，密密麻麻寫滿她的一路。

軍營遍地兒郎，若有一人身比兒郎嬌，志比兒郎高，那一定是她，堅執驕傲，永不被世事所磨。自她離去，他便知她定有一日能披那戰甲，奏凱旋戰歌，執劍還朝，替父報仇。可他沒想到，她竟這麼快，這麼快……

自薦追凶，草原對峙，村中苦戰，還真是她的作風！

耳畔似迴響起那夜山中，她的一句「不懼千難萬險」，她何止不懼，簡直是拚命！她可還記得那夜他與她說的話？

步惜歡自嘲一笑，想必她是不記得了，若記得，何至於不惜性命，何至於……叫他勿念？

目光匆匆從那二字上掠過，他又負手走回窗邊，天如霾，煙雨如絲，洗盡紅牆翠瓦。這江南顏色，一年復一年，年年望不出這宮宇深深，嗅不見那西北黃風。

整整十八載，終有一人可念，卻叫他勿念！

深吸一口氣，本想嗅那煙雨清涼，壓下這一腔胸悶，卻嗅進滿腔的蘭香薰香明燭膏香，這殿中何時香氣如此濃郁了？步惜歡蹙眉，瞥那香爐，爐中香絲嫋嫋，纏纏繞繞，擾人煩憂。

男子紅袖忽然一拂！

啪！

殿外廊下立著的宮人個個垂首，身子躬得低了些。

范通執著拂塵，垂著眼皮，一動不動立在殿門外，彷彿死人。

直到聽殿中人道：「來人」，死人才動了，推門進殿，見殿中香爐倒在地上，香灰灑在華毯上，未燃盡的香將那金絲絨繡染編織的華毯燙出個洞來。

范通垂著眼皮又退出了大殿，來到廊下，拂塵一甩，即刻有幾名宮人魚貫而入，見殿中之景，人人步子極輕，扶起香爐，撤去華毯，打掃撲灑在地磚上的香灰，俐落有序，不敢怠慢，不敢混亂，亦不敢發出聲兒來。

一名跪在地上擦抹香灰的宮女身子伏得尤其低，極力不叫宮袖在地板上留下聲音，卻忍不住肩頭微顫。

范通瞧她一眼，面無表情道：「今兒侍香的宮女彩娥，拖出去，杖斃！」

那宮女身子忽然一抖，手中抹布掉落在地，驚恐地抬起眼來，旁邊兩名太監上前來，拖著她便往殿外去。

彩娥面露死灰之色，卻未開口求饒，只望那負手而立風華無雙的男子背影，眸底有一絲掙扎的生機。

她是跟著周美人搬來乾方殿的，周美人失蹤後，陛下竟沒有杖殺她們，還讓她們留了下來，負責灑掃西配殿，而她更得了聖恩，可在殿中侍候。

陛下心中念著周美人，叫人留著西配殿的原樣擺設，殿中一花一瓶都不得改動，將她留在乾方殿侍候，也是愛屋及烏。這宮中的公子們常以凌虐宮女為樂，她曾侍奉過周美人，周美人得陛下寵愛，公子們多有不忿，若放了她出去，只怕不出幾日便不明不白地死了。

陛下於她有活命之恩，這兩個月她在殿中侍奉是盡了心的。因記得周美人不喜薰香，她在大殿那幾日，陛下便命殿中撤了香，周美人失蹤後，她擔心陛下幾日不聞香，忽薰濃香會聞著不適，便挑著那氣味頗淡的香絲燃了。

一連兩個月，日日如此，陛下未曾說過不好，今日也同以往，不知為何就惹了陛下不快。

她猜許是陛下心情不好，既如此，想活命便不可求饒，若吵擾了聖心，才真會堵了自己的活路。

彩娥由著太監將她拖出內殿，只眼底含著掙扎，狠心一賭！

賭那殿中男子會愛屋及烏，饒她一命。

許是上天聽見了她的祈禱，在她被拖到外殿門口之時，聽見殿中一聲微涼之音：「罷了。」

那聲音微涼，似一聲嘆：「日後，殿中不必再焚香。」

太監放開了人，彩娥伏在殿外門檻旁，深深謝恩，晚風帶著細雨落在她背上，只覺涼意森森。

幾名太監捧著新毯進了殿，彩娥趕緊隨著進去，將留在地上的抹布拾起，重新將地板擦拭乾淨，由宮人們鋪好華毯，端走香爐，這才跟著一起退出了大殿，關了殿門。

殿中，范通垂首立著，音調平得沒有起伏：「陛下仁厚。」

「得了吧！少拿朕打趣，心眼兒愈發多了！」步惜歡回身，哼了哼：「你是內廷司總管，處置個宮女，還需在朕面前耍威風？」

在他面前處置，不就是想讓他赦了那丫頭？

范通拉著老臉，面無表情，「彩娥侍駕不周，理應杖斃，是陛下仁厚。」

步惜歡笑了聲，走回窗邊，「那丫頭服侍過她，哪怕只有幾日，她也不會忘了。哪日她回來，知道人死了，定要怪朕罔顧人命，不堪為明君了。」

范通抱著拂塵，垂首而立，「陛下生美人的氣，還顧念著美人，這氣還是不生得好。」

步惜歡頓時氣笑了，回頭懶洋洋瞧了眼范通，「對！氣也是氣著自己，回頭還得替她著想，朕就是個操心的命，上輩子欠了她的。」

范通不言語，萬年不變的老臉，此刻似乎寫滿了「確是如此」。

步惜歡走到龍案旁，拿起那封言簡意賅的信來，又拿起這行軍一路的密報細瞧。

西北邊關，胡人擅馬戰，步兵在軍陣中太易死傷。邊關不比行軍路上，再叫她如此拚命下去，他真怕她有一日把命拚沒了，他還盼著她早日還朝，跟她算算那「勿念」的帳呢！

她這一路如此拚命，總不能叫她白拚。

步惜歡抬眸，眸底忽有韜光起：「擬旨！」

大興西北國門，嘉蘭關地勢依山傍水，扼守南北峽谷地帶，南依一峽河谷，北仗延綿數百里的斷岩，地勢天成，攻防兼備。

關內三十萬大軍並非都在一城，關內五重城郭，每城有五到十萬兵馬，分布在多道防線，乃元修在建立西北軍後，主持重修的。各城關，每城都由內城、甕城、羅城、城壕及峰臺組成，城內有城，城外有壕，重城並守，極難攻破，軍事防禦體系極為嚴密。

天下第一雄關，並非浪得虛名。

新軍駐紮在第五城石關內，內設營房，外設校場，暮青出了營房，走在路上，望關內城防布置，心中暗暗佩服元修的帥才。難怪戰神之名震天下，難怪關外五胡鐵騎十年叩不開西北邊關大門。

新軍到達關城那日，關內大軍齊迎，在那一日，新軍老軍都記住了一個名字。

那少年行軍千里，揭青州山凶案，破草原機關陣，守上俞村百姓，一路壯舉，在新軍到達關城那日，大將軍論功行賞，親自提拔為軍侯！

軍中兵種，騎、步、車、水，西北無水師，只騎軍、步軍、車軍，車軍在大漠難行，大多用於草原戮戰。西北軍中車軍編制少，大多是騎兵和步兵編制。軍職自下而上，伍長、什長、陌長、屯長、都尉、軍侯、中郎將、偏將、前後左右四將軍、衛將軍、驃騎將軍、車騎將軍、大將軍。

軍侯乃將職以下，軍中基層的最高職，可率一軍，一萬兩千五百人。

暮青成了西北軍歷史上升職最快的新兵，其速度足可與當年的大將軍元修相提並論。

關城中，大軍住在營房，軍侯有自己的營房和親兵。

營房是一間獨立的院子，兩旁有親兵營，方便照顧將領的起居，將領屋裡有暖炕，比行軍時的條件好多了。

軍侯的親兵編制有十人，人數多少對暮青來說是其次，重要的是親兵平日照顧她的飲食起居，戰時做為護衛隊，必須是她信得過的人，而她信得過的人很少，只有月殺、章同、韓其初、劉黑子和石大海。

月殺和章同升了陌長，韓其初調入了魯大帳中做了參軍幕僚，老熊從陌長升了軍侯，如今也在石關城內領著一軍。

這三人各有軍職在身，能當暮青親兵的只有劉黑子和石大海了。

劉黑子因腿瘸調去了伙頭營，按西北軍中例制，殘兵可領二十兩銀子回鄉，劉黑子卻沒走。二十兩銀子足夠他回江南家鄉蓋間屋子娶房媳婦，這黑黝黝的靦腆少年卻堅持留了下來，寧願留在伙頭營裡做勞力，從此起早貪黑不領軍功，也不願回家鄉。

或許很多人不解，但暮青明白。

不甘，不想做一個無用之人。他被兄嫂趕出家門，嘴上說不在意，卻想為自己爭口氣。但現實殘酷，草原上那一箭要了他的前程，他卻不願回鄉面對兄嫂，寧願老死西北，也不願一功未立身殘回鄉。

這少年自尊倔強的心正是她欣賞的。

暮青親自到了伙頭營將劉黑子領了出來，此舉在軍營裡炸了鍋，從未有將領挑個瘸子當親兵的，暮青是第一人。

她帶著劉黑子從伙頭營裡回去時正是傍晚，霞光如火染了關城，黃風平地起，漫長街營房，滿目黃沙。少年走在街上，墨衣雪袖，穿鎖子甲，簪雪銀冠，踏烏皮靴，平平無奇的眉眼被這軍侯新衣襯出幾分意氣風發。

回到軍侯營房時，暮青在門口愣了愣。

院子裡站著三個人——月殺，章同，韓其初！

「軍中宵禁，你們此時來有何事？」暮青望天，天色已快黑了。

韓其初笑道：「在下和越陌長是來向軍侯遞請軍中文書的。」

暮青打開一瞧便愣住了——軍中的調任文書，驃騎將軍魯大帳下參軍韓其初，調任她帳下，軍職任憑安排。

月殺手中的文書也一樣。

韓其初笑道：「若軍侯不棄，韓某願做軍侯身邊親兵。」

月殺冷著臉哼了聲，直接道：「我是來當妳的親兵長的！」

暮青觀二人神情便知兩人不是在說笑，問道：「先生之才，做我帳下親兵，不覺屈才？」

「韓某之志心中自知。魯將軍帳下雖好，軍侯才是韓某願輔佐之人。」韓其初高深一笑。

屈才？

在她身邊，怎會屈了他的才？

新軍途中行軍不過兩月，提拔起來的將領極少，低階將領只他們三人，高階將領只她一人。她是新秀、是傳奇、是新軍的代表，在這西北他鄉，五萬江南新軍顯出幾分孤零，她是唯一能從新軍中脫穎而出的高階將領，無形中已成新軍的精神領袖。

這支江南新軍心中的將領是她，她若再立軍功，這支新軍早晚在她麾下！

此人有帥才，前途不可限量！

兒郎在世，建功立業，親兵又如何？他寧在她身邊做一個親兵，輔佐她成就一番功業，也不願去高處做那參軍幕僚，整日與那些文人唇槍舌戰，爭論計策，爭搶軍功。

他的心在高處，她的未來亦在高處，如今朝中局勢和元家之心，他心如明鏡，這支江南新軍的未來在何方，他心中已有謀略。只要她願用他，他便願盡心輔佐，在軍中助她建立嫡系，有朝一日成為這天下一方大帥！

韓其初等暮青回話，曾在上俞村中露出過一息鋒芒之人，此刻眸中又現辰光。

軍中文書已下，暮青知道不能再改。元修今早才當著全軍的面授了兩人軍職，晚上兩人就自請調來她帳下，朝令夕改，乃軍中大忌。元修肯由著他們兩人已是心胸寬廣，有一不得有二，否則軍令便成兒戲了。

無關她願與不願，兩人都必須留下，若她不將兩人留下，他們在軍中便再無立足之地了。

「先生既肯為親兵，那便有勞先生屈尊一段日子了。」暮青對韓其初道。

「多謝軍侯不棄！」韓其初道。

月殺冷臉不言，她留他是應該的，他本就是為了保護她才來西北軍中的，小小陌長的軍職也敢往他這刺部首領身上安，也不怕屈了他的才！

「幸虧你沒學他們兩人。」暮青望向章同。

章同在上俞村一戰之功足以升屯長，但元修得知了他在青州山中的表現，認為他的急躁性情還需磨練，便先讓他領百人兵，慢慢來。

「妳以為我會願意屈才當妳的親兵？我乃武將之後，來西北軍中謀的是一將的前程，可不是為了給妳當親兵的。」院子裡未掌燈，章同離暮青有些遠，神情難辨。

這一路行軍，他處處敗給她，也知自身不足之處，但他依舊想要憑一己之力封侯拜將，終有一日，與她比肩。抑或者有一日她身分暴露，他能憑那時之位保她性命！

當她的親兵可以日夜相處朝夕相伴，他承認，他想過。可他知道她是女兒身便不能留在她身邊。總要有一人去為她的以後著想，為那有可能到來的一日去拚命。

不願屈居女子之下是他身為男子的驕傲，想憑一己之力建功立業也是他的驕傲。行軍途中，他曾兩度挫敗，懷疑過自己的驕傲，但此刻，他重新堅定，前路的方向無比明確。

他不在近處護她，他要去那遠處，護她的將來。

「妳等著，我定有一日軍職比妳高！」章同說完便離開了。

軍中有晨練，暮青升了軍侯，不需與新兵們一起操練，軍中高階將領需磨練的是個人本領，她早晨起來可以去校場練功。

這日早晨暮青又去把石大海找了來。

劉黑子受傷後，石大海一直陪著他在傷兵營裡，一路盡心盡力。暮青與石大海不熟，但石大海與劉黑子其實也不算至交，劉黑子受傷時，兩人不過是一個多月的同伍情誼。這世上至親至愛之人大難臨頭都有可能各自飛，別說區區一個月的戰友情誼了。

石大海重情寬厚，乃可信之人，這才是暮青想讓他到身邊來的原因。

如此，暮青身邊有了四名親兵——月殺為親兵長，石大海和劉黑子為親兵，韓其初也暫時當她的親兵。

四名親兵，一個農夫，一個瘸子，一個文人，只有親兵長武藝尚可，這等親兵隊伍頓時成了軍中笑談，但這些都沒有影響到暮青和她的親兵們。

五胡撤了一半大軍，已月餘未曾來犯，邊關短暫寧靜的日子裡，月殺每日都帶石大海和劉黑子去校場苦練，他的任務是把石大海和劉黑子訓練成精兵，但兩人的年紀學內力都晚了，只能練外功。

石大海氣力大，選了鐵錘做兵刃，劉黑子在江南漁村長大，水性頗好，腿雖瘸了，卻仍有幾分敏捷，月殺便教他練匕首，取近戰刺殺之道。

暮青和韓其初也有事做——學騎馬。

關城內的校場專為將領而設，馬場、武器架、箭靶、比武臺，樣樣精良。

暮青前世學過騎馬，只是多年未騎頗為生疏，她練了兩日才熟悉起來，這日來了校場想試試小跑，剛一到校場便聽馬踏聲隆隆震耳，見一道黑風自眼前馳過。

西風烈，黃沙如潑，那人縱馬疾馳，如颳一道大漠黑風，掃過箭靶，未回頭，一槍飛擲，剎那穿了箭靶！

錚一聲！若蒼鷹衝天，繞三尺長空不散！

忽聞一聲鐵馬長嘶，那人飛身下馬，大笑一聲，恣意暢快！

「這馬還成！胸寬腰跨，腿細蹄圓，是匹快馬的苗子！叫馬場再挑一批送來！」那人說話間轉頭瞧來，笑喊道：「周二蛋！杵在那兒看夠了沒？過來！」

周二蛋這名字人人叫著彆扭，也就元修叫得順口。

暮青走過去抱拳道：「大將軍。」

大將軍府在嘉蘭關城內，他今日來石關城校場是看馬的，專門穿了身精騎裝，衣袍如墨，襯一身鐵骨錚錚，烈陽當頭，星眸亮得晃人眼。

「聽說你這兩日學騎馬，練得如何？上馬，我瞧瞧！」元修直接把他騎過的馬牽給了暮青。

「是。」暮青從元修手中接過馬韁，蹬馬坐上了馬鞍。這匹馬不是她前兩日練的那匹，聽元修說是匹快馬，她上馬後便十分小心。

只見少年端坐馬上，拉著馬韁，脊背挺得筆直，面色嚴肅。

這如臨大敵的模樣叫元修失笑，抬手拍了拍她的小腿，道：「太緊了，放鬆些！你如此，馬也緊張！」

男子的掌心帶著幾分力度，暮青頓時一僵，月殺在後頭忍了幾忍才沒上前來。

元修愣了愣，抬手在暮青小腿上又拍了兩下，拍完又去拍她大腿，皺眉道：「你這腿……」

暮青心中緊張，聽他開口心中更驚，不由雙腿一收，本是出於躲避，卻正夾緊了馬腹，那馬兒低咆一聲，抬腳便奔了起來。

這馬頗快，一揚蹄便飛馳了出去，後頭頓時幾聲吸氣。

「軍侯！」韓其初急喊一聲。

月殺急步欲救，卻見一道黑影比他還快，縱身便向那馬飛去！

暮青只覺西風呼嘯，黃沙過眼，嗆得呼吸都屏住，馬卻在疾馳，顛得人坐不穩。她一心想要坐穩，緊拉馬韁，腰背挺直，一抬眼卻見比武臺就在前方，須臾間便要撞上去！

身後忽然一沉，兩臂將她圈在身前，男子緊貼她的後背，烈風般的氣息灌入鼻間，耳旁傳來低沉嚴肅的聲音：「身子前傾！」

暮青依言俯身。

「腰背挺直，莫彎身，只前傾！」

暮青頓時試著調整，但馬馳得太快，顛簸太劇，她根本就坐不穩，調整姿勢談何容易？

「別想著坐穩，馬跑起來時坐不穩！跟著馬跑動的節奏起伏便可。」

暮青思索這話，試著找感覺，但這非一時半刻能意會並融會貫通得了的。

「膝蓋！大腿！夾緊馬腹，身子前傾！屁股跟馬鞍似觸非觸，那感覺便對了！」耳畔又傳來元修的聲音，那聲線低沉嚴肅，與平日的親和大有不同，那氣息呵在耳旁，些微熱，些微癢，一身烈陽般的氣息都鑽進鼻間。

暮青脊背不由繃直，盡量讓全副心神都放在騎馬上。

元修卻在掌著馬轀的間隙瞧了少年一眼，少年束著的長髮風裡扯動如旗，從他臉旁拂過，微癢。那露出的脖頸細膩雪白，彎月一弧，為那清卓脊背添了柔和。校場的風漫天黃土氣，少年身上卻似有淡淡青竹香，似一眼見那江南碧色，於這黃沙漫漫的西北生了海市蜃樓。

元修目露疑惑，回過神來時已縱馬在校場馳了幾圈，而身前少年已不再那般緊繃，姿勢從後頭瞧著愈來愈像那麼回事了。

兩個大男人共騎，縱是一人在傳授騎馬技巧，瞧著也有些古怪。元修見暮青已得要領，便拉了轀繩讓馬漸漸慢了下來，待馬停下後他便躍身下了馬。

暮青沒他那麼好的輕功，只能左腳蹬著馬鐙，按部就班地下馬。

元修的目光便順著她下馬的動作落到她腿上，想起方才拍她腿時的手感，蹙眉道：「你的腿軟乎乎的，沒力氣騎馬可不成！這幾日來校場，腿上綁著沙袋多跑幾圈，練練腿力！」

暮青只低應了聲。

「還有腰力，騎馬沒腰力可騎不久，別說千里百里，就是十里都能讓你的腰累散了架！不想日後吃這苦頭，便多練練腰！」元修又道，習慣性拍了拍她。

這一拍，暮青一僵，元修又皺了眉，「你小子，怎麼哪兒都細？這身子也太單薄了些。」

這單薄身子，上俞村那一日夜是如何殺了那麼多馬匪的？

他不由細細打量她，她比他矮了一個頭，與高大壯實的西北漢子比起來，她顯得嬌小單薄得多。難以想像這身子裡藏著那般執拗，竟敢在草原上與呼延昊那等瘋子對峙五日，也難以想像這身子裡藏著怎樣的爆發力，能在上俞村殺了那麼多馬匪。

暮青被元修瞧得不自在，心中惱他這習慣，軍中男兒不拘小節，但這不拘小節對她來說是大忌，若哪日他想拍拍她有沒有胸肌，她這身分非得暴露了不可！

她臉色不太好看，眸光格外清冷，往後一退，道：「末將家中貧苦，一頓沒幾碗飯吃，長不高，長不壯。」

這負氣的話反倒叫元修有些好笑，問她：「不就是說你單薄些？還生氣了。」

你今年多大了？」

「十六。」

「十六正是長身子的年紀，軍中的飯管飽！每頓多吃幾碗，保準你長高長壯！」元修瞧向劉黑子，道：「你原來在伙頭營，這事便交給你，看著你家軍侯，原先若每頓吃兩碗，日後便叫他吃三碗！」

劉黑子愣住，還兩碗呢，軍侯飯量小，一頓就一碗。但面對元修，他不敢回話，這話便嚥在了肚子裡。

「行了，記得練練腰力和腿力，軍帳中還有事，我先回去，過幾日再來檢驗你的馬術！」元修朝馬廄那邊一望，他的親兵便將一匹黑駿神駒牽了過來。

暮青垂眸不言，心想你還是別來得好。

偏偏旁邊有名將領瞧見暮青的臉色，嘿嘿一笑，有些猥瑣，「聽大將軍的，大將軍都是為你好！咱們都是漢子，多練練腰力腿力日後娶了媳婦才不會累。」

老熊哈哈一笑，「周軍侯才十六，沒娶媳婦的人臉皮薄，別說這事！」

那將領一臉不以為然，「沒娶媳婦就是雛兒？老子十三就逛過窯子了！你以為咱們軍中有幾個雛兒？也就大將軍……」

元修的馬牽了過來，打了轡繩正要上馬，聽聞此言忽然回身，一腳便踹了過來，「滾！」

那將領噯的一聲，抱著屁股跳去老遠，回頭哈哈地笑。

元修被他氣笑了，烈日當頭，男子膚色如麥，臉頰莫名有些紅暈，那英武不凡的戰神氣度霎時散去三分，他看了暮青一眼道：「日後離他們遠些，省得教壞了你。」

暮青不言語，只點頭。

元修這才上了馬，一夾馬腹便要馳出校場，校場外忽來馬蹄聲，剛馳進校場便一聲長報！

來的人是元修的親兵，說行宮八百里加急，有聖旨到，要元修和暮青一同前去大將軍府接旨！

嘉蘭關城，大將軍府坐落在城東，大門面闊三間，進深七重，一路往正殿去，見一花一木皆無講究，只像隨便種了幾棵，倒是軍亭、營房、習武場，莊嚴寬敞，處處冷硬。

傳旨的宮人在正殿奉茶，暮青隨著元修到了時，見魯大也在，顯然也是來接旨的。

元修在前，領著魯大和暮青跪下接旨，聽那宮人嗓音尖利，一開口聲音便傳出老遠：「奉天承運皇帝，詔曰：西北五胡犯邊，匪患猖獗，朕心繫邊關，聞西北大將軍元修外平胡策、內安匪患，忠肝義膽，朕心甚慰！特賜宅三座，良田百畝，黃金三千兩，欽此！」

「奉天承運皇帝，詔曰：驃騎將軍魯大率軍孤守上俞村，斬匪千人，英武果敢，勇冠三軍！特賜宅一座，良田百畝，黃金千兩，欽此！」

「奉天承運皇帝，詔曰：西北軍軍侯周二蛋，計破機關陣，孤守上俞村，智救大軍，勇守百姓，朕心甚慰！敕封中郎將，號英睿，賜宅一座，黃金千兩，欽此！」

三道聖旨，兩道嘉賞，一道封將！

中郎將，軍中將職最末，從五品武職。這等低階將職，兵曹核准任命便可，不需聖旨敕封。下旨親賜已是聖恩浩蕩，竟還封了敕號！依大興律，文武官職皆有制，制不可輕動，敕號卻可隨帝王封賜更改，但有此殊榮的常是朝中文武大員抑或公侯之列，聖旨親封一個從五品武將，還御賜封號，這等寵上加寵之事，聞所未聞！

按律，敕號者品級可加一等，英睿中郎將，可領正五品俸祿！

元修領著魯大和暮青領旨謝恩，起身後元修與那傳旨的宮人寒暄了幾句，本欲留那宮人歇幾日，那宮人卻道趕著回宮覆命，元修便命人賞了他，親自送出了府去。

回來後親兵來報道：「大將軍，顧老將軍說有要事相商，在書房等您。」

元修道聲知道了，對暮青道：「你中午留在府裡吃頓飯，算是給你慶賀！」

不待暮青答話，他便去了書房。

「老師來可是為了聖旨之事？」元修進門便問。

「大將軍可猜得出聖意？」顧乾面含深思之色。

「老師是覺得聖上對周二蛋的封賞太重了？」元修挑眉一笑。

顧乾聞言，目光炯然，深意更重，「聖上對周二蛋的封賞，許就是對大將軍的封賞。」

重賞西北軍新秀，一來可激勵邊關士氣，二來新秀是西北軍的新秀，而西北軍乃元家嫡系，聖上有示好元家之意。但聖旨並非從朝中來，而是從行宮中來，顯然聖上有軍中密報，他不遮不掩，就這麼告訴元家，便是含了警示敲打之意！

這三道聖旨，三重聖意，聖上已非昔日幼帝，縱然這些年看似荒誕不經，實則胸有城府。

元修笑意微斂，抬頭看那牆上掛著的關外輿圖，負手不言。

「盛京那邊，這些日子可有信來？」顧乾問。

「來了。」

「大將軍可看了？」

「沒看。」元修語氣疏淡冷硬。

顧乾嘆了一聲：「大將軍，你終究是要回盛京的，西北不是你終生安身之處。」

元修不言，只望那關外輿圖，草原茫茫，大漠如雪，男子眉宇間露幾分嚮往，許久道：「這西北，多好啊。」

「可大將軍是元家嫡子！」顧乾苦口婆心。

「日後再說！」元修煩悶地一擺手，轉身從書桌後出來，大步出了書房。

「大將軍！」顧乾在身後急喚。

每回說起盛京之事，他總推日後！

「今兒周二蛋封將，我留了他在府中吃飯，中午熱鬧熱鬧，老師也來吧！那些事，日後！」元修說話間已大步流星，去得遠了。

這日中午將軍府大宴，嘉蘭關城內沒事的將領都來了，偏廳裡矮几擺了一排，將領們席地而坐，慶賀暮青敕封英睿中郎將。

今日暮青是主客，席位在元修右下首，連魯大都排到了她後頭。

元修舉起酒碗道：「軍中不得飲酒，今兒有喜事，破例！一人一碗，喝完吃飯！」

「我不喝酒。」暮青道。

「是不會喝吧？」元修眼裡笑意忽濃，似烈日照進廳裡，剎那明亮半殿。

「不喝。」她的職業不允許喝酒。

暮青一副大義凜然的模樣逗樂了眾將領，元修笑著對親兵一招手，喊道：「那讓廚房上菜快些！那道烤羊排好了沒？英睿將軍不喝酒，要吃飯！」

將領們哈哈笑了起來，元修跟眾人喝了那碗酒，幾名親兵便端了大盤上來。

盤子裡的菜一聞就知是羊肉，醬肉、炒肉、切好的肉片，還有道烤羊排。

一人一根大肋，撒著鹽和香料，油黃欲滴，聞著噴香。

元修對暮青道：「嘗嘗廚子的手藝，喜歡的話，那兒還有一大鍋羊湯等著你，今兒非叫你吃飽不可！」

暮青沒動，掃了眼啃著羊排的將領們，又看了眼面前的烤羊排，最後瞧向元修，問：「大將軍這頓全羊宴是指人肉？」

她聲音並不響亮，廳裡卻人聲漸歇。

將領們還沒回過味兒來，元修笑問：「人肉？」

「如果不是大將軍請吃人肉，那麼這便是件凶案了。」暮青指了指桌上的烤羊排，語不驚人死不休：「這不是羊排，是人肋。」

將領們皆愣，有的人嘴裡還含著沒嚼爛的肉。

魯大噗地一口便把嘴裡的肉吐了出來，將領們這才反應過來，一時間吐肉之聲不斷。元修眉宇間暖意盡去，眼底忽見飛雪。

暮青拿出解剖刀來，兩刀便將羊排兩邊的肉去了，絲毫未傷及羊骨。她拿著排骨細細看了看，走到元修面前拿起他桌上的羊排，剔肉留骨，舉起細看，隨後又不發一言地走去顧乾桌前。

一連看過五桌，暮青停下道：「果然是人肋。」

她將那根肋骨一舉，道：「第二肋，此處可見肋粗隆，動物骨沒有的特徵。」

肋粗隆為何物，沒人聽得懂。

「你怎知這並非羊骨？」元修問。

「人骨與獸骨區別頗大，以肋骨而言，人肋十二對，牛羊肋十三對，豬肋十四到十六對！此乃數目之差，形態之差也甚大，人肋呈弧形，獸肋較平直；人肋肋角小，彎曲曲度大，獸肋肋角大，彎曲曲度小；人肋肋骨溝明顯，呈現片狀，獸骨各異，無片狀特徵；人肋第一肋有動靜脈及斜角肌結節，獸骨無！第二肋有肋粗隆，獸骨無！」

少年所言起初還能聽懂，後半段卻無人懂，只是也無人出聲。方才若非她，這烤人排早被他們啃乾淨了。

「去廚房看看！」暮青道。

元修使了個眼色，一隊親兵出了偏廳，顯然廚房裡的所有人都要拿下！

「不僅廚房的人，平日負責採買運送食材的人也要拿下，尤其是昨天和前天往府中送過肉類的人。」暮青道。

元修不知暮青為何會有此言，暮青問：「剛才啃羊排時，你們吃出羊膻味了嗎？」

她不問還好，一問眾人又覺得胃中翻攪。

元修卻一愣，羊膻味？有！

「人排能烤出羊排的膻味來，廚子也是好本事。這羊排雖是烤的，但肉已軟，從我下刀剔肉時的手感判斷，肋排事先燉煮過。廚房裡肯定燉著羊湯，只不過人肉和羊肉放在一個鍋裡罷了。今日聖旨來，事先誰都不知，大將軍是接到聖旨後才決定中午宴客的，全羊宴是那之後定的，給大將軍準備的吃食一定是新鮮的，所以羊是現宰的，那麼人肉是哪來的？也是現宰的？廚房裡的廚師這邊宰羊，那邊宰人，一起剁了放進鍋裡？除非大將軍府整個廚房的人都是共犯，不然不可能實施得成。所以，人肉哪來的？一定是從外頭送進來的，以眼下西北的天氣來看，不是昨天就是前天送來的，不可能再早，再早我們吃到的就是臭的了。」

「那麼，現在又有疑問了，那往大將軍府廚房裡送人肉的人怎會知道今天有聖旨到？怎會知道大將軍要午宴？」暮青問。

眾人皆愣。

「答案是他不知道，所以結論出來了。」暮青望向元修，目光淡淡的，「大將軍，有人想請你吃人肉，我們碰巧撞上了為你準備的食譜。」

第二章

人肉排骨

大將軍府的廚房裡只有十人，廚子有從盛京元家跟來的，有從伙頭營裡調來的，打下手的也都是伙頭營裡的兵，元修用了幾年，都是信得過的。

然而今日廚房外，刀光森冷，人似篩糠，十人脖子左右都架著刀，稍有異動，頭顱就會被斬下。

暮青率先進了灶房，羊湯的香氣撲面而來，鍋裡的湯還在小火熬著，咕嘟咕嘟冒著奶白色的泡。砧板上放著兩扇生羊排，暮青提了出來，道：「這才是羊排。」

她一招手，一名親兵走過來，手裡提著個布包，裡面放著從偏廳裡拿過來的人肋。暮青乾淨俐落地切了根生羊排下來，又取了根人肋，對院中眾人道：「人肋，弧彎，肋角小。羊肋，平直，肋角大。」

午時烈日當頭，兩根排骨拿在少年手中，差別立現，扎得人眼疼胃也疼。

其實她不拿來對比，眾人也知道那從灶房裡提出來的是羊排。那羊排是生的，沒醃沒煮，膻味兒撲鼻，鼻子不好使的人才聞不出那是羊排。

中午偏廳裡就十個人，殺一隻羊就夠了，一隻羊只有兩扇肋，不可能一邊彎，一邊平！差別如此之大，顯然少年手裡拿著的那兩根肋骨是出自不同東西身上的。

被他們吃掉的那根烤羊排，還真是人肋？

聞著灶房裡飄出來的羊湯香味兒，眾人只覺得胃裡陣陣翻湧，恨不得把這輩子吃過的羊肉都吐乾淨。

魯大一腳踹了那廚子，道：「娘的！敢上人肉給老子吃，老子先把你給剁了！」

那廚子撲通仰倒，臉色煞白。

「啥人肉？魯將軍……」

「你敢不承認？那兩扇生羊排就在你砧板上放著沒動，那你給老子烤的是啥？」魯大頓怒，抬腳又要踹人。

暮青拉住他道：「他沒說謊，他不知道那是人肉。」

有名將領問：「你怎麼知道他沒扯謊？」

暮青看那廚子的表情就知道，但此事她沒打算顯露，於是蹲下身問那廚子：「說說看，為何有新鮮的羊排卻烤了別的？你知道那並非羊排。」

魯大對那將領道：「他說是啥就是啥，老海你信了就是。你沒見過這小子的本事，老子在青州山裡親眼見過，她只看過那三個新兵的屍體就把呼延崑子的性情推測得半點不差！連那崑子穿開襠褲時候的事都能瞧出來！老子率人圍捕，一看真是呼延昊的時候，老子就服了！」

這事兒軍中都傳遍了，那將領沒親眼見過總覺得是傳言誇大。但魯大乃真性情之人，直爽坦蕩，他的話向來可信。軍中能叫他心服之人除了大將軍，以前還沒聽說過有別人！

廚子道：「俺不知道那不是羊排。」

「不知道。」暮青點頭，眸光漸淡，「很好，看來你覺得我的嗅覺和聽覺都有問題。」

她從地上拿起剛才切下來的那根羊排，往那廚子鼻子前一送，「有何味道？」

不待廚子回答，暮青便把那根羊排往身後一丟！

後頭眾將呼啦一聲退開！

暮青頭也沒回，更不管丟在了誰身上，只問：「勞煩聞一下，告訴他有何味道。」

眾將領臉都綠了，戰場上殺敵無數，從未覺得生肉如此噁心，誰會去聞！

「膻味。」元修道。

「嗯。」暮青望著那廚子，「看來我的嗅覺沒問題，那就是你的嗅覺有問題。連膻味都聞不出來，你是如何做了廚子的，還進了大將軍府做了廚子？」

那廚子臉色頓時白如紙。

「當然，你可以說你染了風寒，鼻塞聞不見味兒。那就是你覺得我的聽覺有問題了，連你說話有無鼻音都聽不出來。需要找位軍醫來看看你染沒染風寒嗎？西北的廚子不只你一個，需要找來問問烤羊排前要先把羊排煮過嗎？」

廚子一句話也說不出來。

「那肋排沒有膻味，你知道那並非羊排，但我們吃時是有膻味的，說明你烤之前放在羊湯裡煮過。你怕沒有膻味，大家吃時會覺得味道不對，所以才放進羊湯裡煮的。你不肯說實話，我告訴你實話，你今日端上桌的是人肋，不然你以為刀為何會架在你脖子上？不過你不配合，看來我幫不了你了。」

那廚子頓驚，人肋？

「那、那不是豬排骨嗎？」廚子的眼神恐懼而茫然。

眾將領面面相覷，對啊，不是羊排，不一定就是人肋，也有可能是豬排骨！

「絕不可能。不信你們可以殺一頭豬來，我現場比對給你們看。」暮青說罷，繼續問那廚子：「那說說看，你為何以為是豬排？」

廚子一臉恐懼茫然，如果今天他真的烤了人肉給將軍們吃，那就是死罪！比他拿豬排頂替羊排的罪重多了，性命攸關，再瞞他就是傻子！

「因為前日要的是豬肉，昨兒送來，俺就以為是豬肉……」

大將軍府建了多年，關內五城都是西北軍的營房，後頭的城鎮才有百姓，肉食菜食都是那些百姓送進關來，再由伙頭營的人送來的。那些都是用久了的人，從來沒出過岔子，誰能往別的地方想？誰也不會見著豬肉時去想是不是人肉。

「那好，回到剛才的問題，為何要以豬排充當羊排？」

「因為昨日送來的豬肉太多了，不吃就糟蹋了。這羊排新鮮著，放一日也沒啥，俺尋思著晚上再做。」

「府裡菜肉沒定制？」

「有。」

「那為何昨日會送多？」

「這……」那廚子脖子上架著刀不敢轉頭，只掃了眼身旁。

旁邊跪著那伙夫頓覺頸旁刀刃壓來，森寒入肉，他忙道：「府上採買是俺在管著，可前日只要了一包五花肉、一包瘦肉和一對肘子，是那送肉來的小鄭送多了！」

「他為何會送多了？」

「他說那送肉來的百姓聽聞大將軍率軍平了匪患，心中歡喜，就多送了些來。這等事平日裡常有，大將軍說過，凡是百姓多送來的，不缺了人家的銀錢就是。所以小鄭多送了肉來，俺也沒多想。」

廚子道：「正是！肉太多了，昨日沒吃完，俺就把剩下的做了幾罈子醃肉，還剩了些連骨肉，正巧今日大將軍宴客，俺尋思著正好一起吃了，那羊排新鮮著，晚上再做。」

他本來以為將軍們都是粗人，吃不出羊排豬排，就算吃出來了，一來肉裡沒下毒，二來他也沒壞心，大將軍待人向來寬和，想來不會怪罪。可就是給他一百個腦袋，他也沒想到那端上桌的豬排竟然變成了人排！

「小鄭是專往府裡送食材的？」暮青問。

「是！咱們關城伙頭營六伍的，送了有兩、三年了。」廚子答。

「找來！」元修下令，一隊親兵得令而去。

暮青接著問：「昨日送的肘子還在嗎？」

廚子的臉色頓時又白了些。

「做著吃了？」

「還、還剩一隻……」

眾將領吸氣，還剩一隻就是說吃了一隻？

顧老將軍的臉頓時綠了，怒道：「此事一定要給老夫查清楚！」

「太好了！」只有暮青敢說這話，她轉身往廚房走，「在哪兒？」

元修使了個眼色，親兵們收了刀，廚子哆嗦著站起來，一步跌三回地進了廚房，在一只菜盆裡指出了那正滷著的肘子。

那肘子油亮醬紅色澤誘人，暮青拿起來看了看，問：「那幾罈子醃肉呢？」

廚子哆嗦著手指了指後頭放著的三只大罈子，罈子一開，一股噴香的醬香味兒撲出來，暮青撈出來瞧了瞧，見都是大肉塊兒，沒骨。

「人肉？」身後傳來元修低沉的聲音。

「看不出來。」暮青實話實說道：「沒有骨頭，人肉和豬肉看起來差不多，不過那只肘子毫無疑問是屍塊。」

她不再理那三只對案子毫無用處的罈子，拿解剖刀把盆子裡的滷肘子剔了肉，將還連著些生筋的人骨丟進了那鍋還在煮著的羊湯裡。

「這是為何？」元修跟過來問。

「煮骨，筋肉煮軟爛了才好剔乾淨。」暮青盯著鍋裡，見一隻羊頭在鍋裡躺著，周圍是羊雜和肉骨。

元修不知剔乾淨骨頭有何用，只望見少年背對著他望著鍋裡，順手拿起只大杓舀起鍋中的肉骨來看。自從偏廳裡事發，她就似變了個人，他以為她性情冷淡疏離，今日才發現她的凌厲專注，似乎誰也不能叫她的目光從此事上移開。

暮青撈了好幾塊肉骨出來，戳了戳上頭軟爛的肉。

少年的手指蔥玉般纖長細白，不似軍中漢子的粗手，大杓裡的肉冒著騰騰熱氣，將她的手薰得有些朦朧，那指尖兒被燙得有些發紅，她卻依舊專注地翻看著。

元修的眉不自覺皺起，心中的疑惑被那發紅的指尖奪了去，聲音沉了那麼幾分，問：「為何要剔乾淨？」

「拼骨。這件案子要查下去，需要知道死者是誰。只有知道死者是誰，才好推斷凶手是誰，有何目的。這不是普通的殺人分屍案，如果只是失手殺人或蓄謀殺人，殺人後應該將屍身掩埋藏匿，這才是正常的心理。當然，也有怕掩埋的屍身被發現從而想到烹屍的人。但是我們的凶手膽子太大，他竟然敢把肉送來大將軍府。這不是正常的犯罪心理，我需要看看死者的骨頭，才能做出進一步的推斷。」

元修明白凶手是衝著他來的，不然殺人後埋了就好，就算將屍塊送去伙頭營也不該送來他這裡。

尋常人絕不敢行此事。

「這些都是人骨？」元修望著鍋中問。

「顯然不是。」暮青抬眼看向那廚子。

廚子嚥了口唾沫，道：「有羊骨，羊雜，還、還有昨天的……」

他沒說完，暮青就一副果然如此的神色。

「那如何拼？」元修眉頭皺得死緊。

這些屍骨都被砍成了塊，這一鍋若都是人骨，她若能拼起來都算是好本事了，何況還有羊骨在？

「沒事，不過是增加點拼圖難度。」暮青邊說邊將手中大杓放下，吩咐道：「有些已燉得差不多了，勞煩拿只盆子來。」

廚子不敢動，暮青旁邊伸來一隻手，男子的手骨節分明，能看見常年習武的老繭，卻不覺得太粗糙。

暮青就著元修手裡的盆子，將鍋中小些的肉骨塊兒撈了出來，又道：「冷水降溫。」

她吩咐得理所當然，元修端著盆子去舀水，院子裡將領們瞧得眼神發直，大將軍馳騁沙場，英武不凡，那開神臂弓揮烈纓槍的手居然拿來端盆子！

眾人眼神發直的工夫，元修已舀了水將盆子端了回來，只見男子一身墨黑騎裝，身形精勁修長，氣度英武不凡，手中卻端著只菜盆，站在一名小將身旁，好似親兵。

暮青望向院中，問：「什麼時辰了？」

魯大望了望天道：「午時了，幹啥？」

「餓了。」暮青吃飯向來定時，軍中操練辛苦，愈發容易餓，她從不餓著肚子工作，這是習慣。

魯大一聽這話，臉都綠了。

暮青把砧板上放著的羊排遞給廚子，道：「烤了，謝謝。」

廚子抱著羊排，兩眼發直地問：「將軍，您……您真要吃？」

「給他烤！」元修從廚房裡出來，嘴角有些笑意。

廚子不敢耽擱，抱著羊排跌跌撞撞地去了。

暮青把盆子接過來，往廚房的門檻上一坐，拿了解剖刀便開始剔肉。羊排烤好時，她已將骨剔好。

「哪位想吃，自取。」暮青道，又吩咐元修的親兵去拿塊白布來。

將領們皆一臉菜色，見暮青取了根金黃油亮的羊排，面無表情地吃了起來，而她面前地上放著堆森白碎骨，還有一堆不知是羊肉還是人肉的肉塊。

她淡定地吃了一根，又拿了一根邊吃邊去查看鍋裡還燉著的肉骨。

魯大這等硬漢都看不下去了，只覺無話可說。

元修大笑一聲，往門檻上一坐，也拿了根烤羊排，眉宇間一抹快意，大口咬了塊羊排上的肉，讚道：「嗯！這才是羊排！」

這時，那親兵拿了布回來，暮青走出來道：「在地上鋪開。」

那白布鋪在廚房門口的石階下，暮青吃完羊排洗了手出來，坐去石階上，分骨。

廚房裡的人都被押去一旁，顧老將軍和魯大領著眾人圍過來，午時烈日當頭，誰也不覺得熱，全副心神都在暮青手中的白骨上。

只見少年從盆中一塊一塊地將剔乾淨的碎骨拿起，瞧兩眼，摸幾摸，盆中碎骨就漸漸分作了好幾堆。也就一刻的工夫，盆中碎骨便已分好，暮青道：「這堆拿走。」

那跑腿的親兵上前把白布上那堆多些的碎骨抱起來，卻不知往哪兒放，問道：「拿去哪裡？」

「丟掉。」暮青頭都沒抬。

她如此說，傻子也能聽出來這些碎骨是沒用的，即是說，這些是羊骨！

將領們擠出一腦門的疙瘩——這是怎麼分出來的？瞧著都一樣！而且，既然其餘的都是人骨，為啥分作了好幾堆？

「你怎知這些是羊骨？」元修問道。

暮青悶不吭聲的進了廚房，把鍋裡剩下的肉骨撈了出來，繼續剔肉。她抬手將剔乾淨的一塊碎骨對著烈日瞧了瞧，才道：「人直立行走，獸類行走憑四肢，骨骼從頭到腳都存在著差異。這是塊椎骨，雖然缺了一角，但明顯椎孔較大，橫徑比縱徑大，關節面與關節突不發達——人骨！」

暮青將那骨放去白布上，在盆子裡挑挑揀揀，揀出塊骨來，乾淨俐落地剔乾淨，往白布上一放！

「這才是獸骨，椎骨跟剛才那塊相比，特徵剛好相反。」

眾人還沒瞧清楚，暮青便又剔好了一塊碎骨，這塊骨比較長，斷成一截，可她還是毫不猶豫地放去了人骨那堆裡。

「胸骨！人直立行走，上肢靈活，胸骨柄發達，有特殊的胸鎖關節和第一胸肋關節，獸骨不具備這些特點。」

說完，暮青又捧出塊頗大的整骨來，這塊連剔都未剔就直接放去了獸骨那邊，「骨盆窄長，恥骨弓角小，沒有明顯的性別差異——獸骨！」

她分骨的速度很快，剔肉的時間反而比分骨的時間長，有些骨很小，在她指尖兒轉著，似把玩著珍貴的寶物。元修在暮青身後坐著，望著她的手指，見烈日照在那指尖兒上，粉粉的沾著水珠兒，陽光竟似能透過來，柔嫩似玉。

男子漸皺起眉，眸底染了疑色，又有幾分失神。

「那些碎的又是如何瞧出來的？」有些碎骨砍得沒頭沒尾，很難瞧出是何部位，可她依舊能快速將那些碎骨分開！

「經驗。」暮青將手中一塊碎骨放去人骨那一堆，「你做一件事十餘年，你也能。」

她兩世的經驗加起來都二十多年了。

了解人骨的大小、外形和觸感是法醫人類學的必備課程，研究過程沒有捷徑，只有每日每日地對著各人種的骨頭不斷地鍛鍊自己的眼力和觸覺，直至放在手裡能摸出重量、質地這等微妙的東西來。她留學時，人類學的威廉教授喜愛用一種黑箱測驗法來折磨他們，此法來自於著名的比爾·巴斯教授，即在一個黑箱裡放塊人骨，由學生去摸，僅憑觸覺說出是何部位的人骨，如果測驗那日教授心情不好，他們摸到的就會是某部位骨頭的碎片。此測驗法雖然慘無人道，但也磨練出了很多菁英。

肘子是最後撈出來的，暮青將全部的碎骨分好後，白布上一眼望去足有百餘塊人骨！

碎骨區分出來了，拼骨就像拼圖，只需要時間和耐心。

這些碎骨中沒有頭骨和手腳，因為這些部位太容易看出是人屍，凶手並沒有送來。剩下的部位就是雙臂、肋骨、脊椎、骨盆和雙腿。暮青拼骨時，院子裡靜悄悄的，將領們盯著暮青的手，看她靈巧地將那些碎骨拼接成圖，皆生出驚意。

他們知道她為何分骨時將人骨分作了好幾堆了！她是將人骨按部位分開的，為的是方便此時拼骨！

即是說，她方才分骨時一次完成了兩個工作——她不僅分出了羊骨與人骨，還將那些碎骨是哪個部位都分好了！

那些人肋是今日午宴端上餐桌的，最完整，不需拼，只需按順序放好，但即便是簡單的肋骨排列順序，也沒有人見過。

很快，暮青拼好了屍骨的左臂，就在她去拼左腿時，那隊去伙頭營拿人的親兵回來了。

領頭那親兵面色頗沉，「報大將軍！末將幾人去了伙頭營六伍尋小鄭，沒見著人！問了伙頭營姚都尉，姚都尉稱他今日不知去何處躲懶了，未曾見著，也正尋他呢！」

魯大怒道：「定是此人！不然哪來這等湊巧的事，昨日傍晚人肉送來大將軍府，今日人就不見了！」

顧老將軍道：「給老夫找！這關城無軍令進出不得，人還能插翅飛了？挖地三尺也給老夫找出來！」

一名將領道：「既然此人可疑，那末將們也回營房派人去尋，不信找不出這兔崽子來！」

元修允了，道：「去吧。」

將領們得令便要離去，忽聽一道聲音傳來——

「挖地三尺可以，不過別找整的，找頭顱和手腳。」

眾人循聲望去，見說話的正是暮青，她頭也沒回，依舊在拼骨。

「你有發現？」元修問。
暮青轉頭看向廚房裡負責肉菜進府的那兵，問：「小鄭年有二十上下，身長五尺四寸到五尺六寸，兩、三年前從馬上摔下來，斷了左臂、左小腿，後來傷癒，腿跛了才去的伙頭營。他曾立過軍功，伙頭營裡頗照顧他，將往大將軍府送菜食的差事交給了他。」
將領們齊刷刷望向那兵，他卻只知傻愣愣張著嘴。
「是不是，說話！」魯大急了。
「是！是！」那兵忙點頭，「小鄭說過，他年有二十，約莫……就俺這麼高！」
那兵被親兵押著站在一旁，約莫有五尺四、五寸高！
「小鄭原本是騎兵，三年多前跟胡人打仗，從馬上摔下來斷了胳膊腿兒，傷養好後跛了腿便去了伙頭營。聽聞那一戰他殺了個胡人的小將，立過軍功，伙頭營的姚都尉器重他，府裡也信這等立過功的兵，送菜食的差事便給了他。」那兵邊說邊望著暮青，一臉震驚。
「你怎知？」元修問，這些事他都不知道。

「他告訴我的。」暮青沒頭沒腦地來了一句，一指地上尚未拼完的白骨。

眾人齊刷刷望向那些白骨。

暮青道：「不用找活人了，找頭顱和手腳就夠了。他就是小鄭。」

暮青怎知此人是小鄭，又怎知那麼多事，這是眾人心頭的疑問，但再多的疑問都不及聽聞這地上屍骨就是小鄭時後背生出的惡寒。

如果地上被分屍的人是小鄭，那昨日傍晚來的那人又是誰？

一個已死之人，把自己的肉送來了大將軍府？

「你仔細回憶一下，昨日見的人也是你這般高？」暮青問。

那兵細細想了會兒，道：「將軍不問還不覺得……那人比俺高！那日，俺出門幫他從馬車裡搬肉菜，跟他站一塊兒說話時覺著有點古怪，可又說不出哪兒古怪來。如今想想，俺那天跟他說話時仰著頭，他比俺高！」

這兩、三年，小鄭每日傍晚都來大將軍府送菜食，他也每日傍晚都出門去馬車裡搬，小鄭比他高些，但因跛了腳，他倆站一塊兒身量便差不許多，說話時是平視的。昨日肉送多了，他特意問了幾句，當時心裡有些古怪感覺，卻又說不出是哪兒。若非被問起，他還回想不起來！

昨日傍晚，晚霞燒紅了半座關城，他覺得格外刺目，眼都睜不開，此時回想，那是因他仰頭看人的緣故！小鄭背襯著晚霞，顯得臉格外陰沉，他有時看不真切，但那輪廓少說……

「他比俺高！少說高半個頭！」

那人不是小鄭！

篤定之音卻如晴日悶雷，炸得人頭皮發麻。

暮青打量了眼那兵的身量，低下頭去繼續拼骨了。

回營嚴查全城的軍令暫緩了下來，院子裡重歸寂靜，但疑問仍存眾人心頭。

「你怎知他是小鄭？」元修問。

她說過，預知凶手為何人，須先知死者為何人。她事先並不知這屍骨是何人，分骨、拼骨，骨未拼完她便知曉了人是誰，連人立過軍功都知！

「他告訴我的。」暮青動作未停，「他年有二十，身長——」

「你怎知他年有二十，又怎知他身長幾許？」元修打斷暮青，這具屍體沒頭沒腳，怎能看出身長來？

「人有年歲，骨有骨齡。年歲增長，有些骨會生成新骨，有些會癒合，骨的發育和消失過程有時間和順序可循，可用來推測年紀。除此之外，骨的長度也可用以推測年齡。甚至顱骨縫的癒合，牙齒的磨損、脊椎骨、肩胛骨、鎖骨、胸骨、骨盆，乃至殘骨，都有其推測年齡的方法。」暮青語速很快，手上動作不停，叫人看得眼花撩亂，聽得暈暈乎乎。

「這具屍骨沒有頭顱，最具價值的骨盆不全。就目前拼出來的部位，左臂、左腿相對完整，上臂骨骺與骨幹已完全癒合，考慮到遺傳、營養、健康等對其骨齡的影響，推斷死者有二十歲上下兩年。」

「身長在上下肢骨骼相對完整的情況下很好推斷，他的年紀正是最大身高時期，不需因年歲而增減，計算一下便可，誤差在一寸到三寸之間。」

暮青說話間又拼出一截臂骨，她說的話卻沒人聽得懂。

「屍骨會說話，年幼時跌倒撞傷膝蓋，少年時追逐玩伴崴傷了腳，或許一個人長大後，皮肉癒合，記憶也隨之淡忘，但骨頭會幫他記住一切。這具屍骨左上臂有骨折痕跡，這等骨折痕跡若要消失，成年人需要三、四年，而他還沒有消失，說明他是在這三年內受的傷。另外，如果骨折嚴重或者恢復不佳，在骨上便會留下終身痕跡，就如同這具屍骨的左腿，小腿處上一寸處的骨沒有接好，這勢必影響他走路，所以他的左腿是跛的。他的左側肋骨也發現了骨折痕跡，左臂、左腿、左側肋骨，都是傷在左側，應是側身著地形成的墜落傷。人在軍中發生墜落傷，我只能想到騎馬，我剛學騎馬不久，但我知道下馬在左邊。所以，他很有可能是騎兵。」

「此傷不可能是在操練時受的，軍中操練，兵將很少會受如此重的傷，即便有馬匹受驚墜落重傷的可能，但城中要尋軍醫很方便。西北邊關馬戰乃常事，軍醫對處理骨傷很有經驗，死者的腿骨斷得很乾脆，這等傷若處理及時不該落下跛腿的毛病，除非傷情延誤，出現傷情延誤的最大可能是在戰場！」

「墜馬骨折，傷勢如此重，他定非傷在大漠，而是草原。烏爾庫勒草原平坦開闊，半荒漠化，草矮土黃，絆馬索藏不住，人也藏不住，想挖陷阱也很難預測敵襲路線。他墜馬，不是因絆馬索和陷阱，那就是與胡人發生了正面衝撞，四處是戰馬和胡人的彎刀，他竟沒死，只跛了腳，說明身手不錯，作戰英勇。這等精兵中的精兵，身上有軍功再尋常不過。」

「軍中對殘兵的安置都一樣，無論騎兵步兵，精兵弱兵，要麼領二十兩銀子回鄉，要麼留在軍中。很顯然，他留在了軍中，可是不能上陣殺敵，留在軍中他能去哪兒？伙頭營，就像我的親兵劉黑子。」

「廚房的人說，小鄭負責往府中送肉菜的差事兩、三年了，跟死者骨折的時間很接近，如果除去他養傷的時間，那就更接近了。好巧！」

「府中負責肉菜差事的人年紀有二十五上下，他稱往府中送菜之人為小鄭，說明小鄭年紀比他小，那就是二十上下。而我們的死者年紀正是二十上下，也好巧！」

「大將軍府中的差事不是尋常人能領的，需得差事辦得好，人也信得過，大多得是軍中的老人。小鄭年紀只有二十上下，就算他十五歲從軍，兩、三年前領了大將軍府的差事時也不過十七、八歲，從軍只有兩、三年，資歷新得很！那他憑何能領府中差事？唯有上官推薦。上官為何推薦？極有可能他立過軍功。」

「不覺得更巧了嗎？三處巧合，如果我還認為是巧合，那我今天一定沒帶腦子出門。」

暮青推理得快，手中拼骨速度竟絲毫也沒慢下來，推理完，她面前的骨也快拼完了。

身後無聲，此刻除了驚嘆，再無其他！

如此短的時辰裡，拼骨、驗屍也倒罷了，她還斷出了死者的年紀身長，連人是騎兵、在何處戰場、何種情形下受的傷以及立了軍功之事都推斷了出來，只是他們說話的工夫！

「這小子腦子怎麼長的？」一名將領嘆道，其餘人不語，神情皆一樣。

「哈哈！」魯大大笑一聲，拍拍那將領肩膀，「老子沒騙你吧？」

他笑得有些快意，帶著些幸災樂禍，當初在青州山裡和上俞村中，他面對這小子，兩度懷疑自己腦子不好使，今日瞧瞧，腦子不好使的顯然不只他一個，他總算舒坦了！

眾將不語，眸中嘆色未盡，今日若非親眼所見，難以相信世間有此聰慧過人之人！

元修望住暮青，久未言，烈日當空，男子的眸光卻比日頭烈，似見人間英雄氣，照盡萬里晴空。

這時，暮青拼骨完成了！

一副人骨，無頭顱手腳，右臂、右腿和骨盆皆有些缺失，顯然除了頭顱手腳，剩下的缺失部位被吃掉了，比如那只肘子。

「好了，死者身分知曉了，現在輪到凶手了。」暮青起身，院中氣氛又沉了下來。

元修領著眾將肅穆而立，低頭望那被拼接起來的殘缺不全的屍骨，似行一個遲來的軍禮。

小鄭，無人記得他的名字，他是西北三十萬軍中的一人。他殺過胡人，立過軍功，皆在這兩、三年裡掩埋在伙頭營裡，無人再記起。而此刻，他以一副殘破不全的白骨之態躺在人前，破碎的白骨是他留在世間最後的語言。

只需，一個讀得懂他喃喃之語的人。

此人此刻就立在他面前，立在一眾西北軍高階將領之前，替他轉達。

「屍骨會說話，無論凶手是失手殺人，還是蓄意謀殺，屍骨都會告訴我們。世間有天理，天理昭彰，永不磨滅。」

黃風漫漫，過四周院牆，卻遮不盡頭頂青天。少年頭頂青天，望那屍骨，清音震耳撼心。

「屍骨被分割成百餘塊，四肢、胸骨、脊椎，皆被斬成數塊，唯獨肋骨完好。」

「屍骨斷處骨板內陷，兩端骨裂線明顯，邊緣骨質有剝落，典型的砍創，分屍的凶器是斧頭。凶手偽裝成小鄭，凶器的來源很可能是伙頭營砍柴的斧頭。」

「屍骨斷處骨裂線長，骨折延長線與創長軸皆一致，骨質剝脫面積小。」

暮青先將驗骨情況一一說明，接下來是分析論斷。

「首先，這不符合殺人分屍案屍骨的常態特徵。大多數凶手分屍是為了方便拋屍，屍骨會被全數肢解成塊，除了頭顱，一般不會留有其他部位的大塊屍骨。這具屍骨肋骨卻保存完好，說明凶手殺人時便想好了要將屍身混作豬肉，供人烹食。凶手聰明，冷靜，心理承受能力頗高。」

「其次，骨裂線長，說明凶手分屍時劈砍的力道很大。骨質剝落少，說明他下手乾脆果決！此理形同劈柴，愈猶豫，力道愈小，崩濺出來的木屑愈多。力道大，下斧果決，柴才能劈得整齊俐落。但這是技術上，心理上，分屍不是劈柴，凶手下手果決，屍身被砍成百餘塊，皆是一次砍開，無滑脫，無猶豫，熟練，冷血。」

「骨折延長線與創長軸一致，代表凶手分屍時下斧角度為垂直砍擊，一處也便罷了，全數骨骼皆被垂直砍斷，這並非常人能為，凶手身懷武藝，必為高手。」

「最後，愈危險的地方就愈安全，有人失蹤被害，即便全城嚴查，一般人都不會想到查大將軍府。從這點來說，凶手很狡詐。但凶手易容成小鄭，欲讓廚房烹煮此屍端上大將軍的餐桌，多少可看出些心理變態來。」

分析推論至此，別人聽不出什麼來，魯大卻臉色一變！

狡詐，冷血，心理變態？這話怎麼聽著這麼耳熟……

暮青道：「覺得耳熟？沒錯，我們遇到老朋友了，關鍵證據在此處。」

她拿起根肋骨，給眾人看肋骨前端的關節處，那裡明顯有一條刀痕，「再聰明的罪案都會留下證據，凶手將人當作豬一樣肢解，為了取下完整的肋骨，他需要用到刀。這條刀痕，兩頭淺，中間深，如此明顯的半弧形——彎刀！」

這回沒人再聽不懂了。

「胡人！」一名將領臉色難看。

「比這更確切——呼延昊。」暮青看向那負責菜食進府的兵，「除了凶手的性情、所用的凶器，他所描述的身長也跟呼延昊極為接近。」

「定是這崽子！」魯大咬牙道。

眾將譁然，呼延昊在青州山裡出現，後在呼查草原上逃脫，之後再無人見過他。

狄王帳下的探子也未傳回他回王帳的消息，此人就此失蹤了，沒想到今日能得知他的消息！

他混進關城裡來了，進了伙頭營，殺人分屍將屍塊送來大將軍府，人又失蹤了？

「呼延崽子是怎麼混進關城來的？」

「他是如何去的青州山裡，就是如何混進來的。」暮青掃了眼院中眾人，將領、親兵、廚子，人擠滿了院子，足有近四十人，看到一半兒，她忽然一愣，「你們隊裡為何少了個人？」

元修回身，眾將循著暮青目光疾望而去，只見暮青望著的是那隊出府去伙頭營裡拿人的親兵。

那隊親兵也紛紛回身，相互查看之下面色也變了——沒錯，他們這隊是六人，而此時只剩下了五人！

「濤子哪去了？」那為首的親兵問。

其餘人一臉茫然，剛才都聽英睿將軍說話去了，誰也沒注意少了個人。

「找！」元修道。

那隊親兵得令，匆忙去了，片刻後回來，面色更沉，道：「報大將軍，府門值守的兄弟說，濤子出府去了，半盞茶前！」

「那不就是方才？」

「往何處去了？」

魯大和顧老將軍不好的預感更重，半盞茶前不就是推斷凶手時？為何早不走晚不走，非挑那時候？

那親兵道：「往東邊去了！」

關城內四處是營房，東邊有東城門，那是通往峽關城的城門！

「傳我將令，封鎖城門！無我的兵符和手諭，不得出城！」元修下令，親兵領命而去，眾將也都告退離去。

此乃敵情，不可耽擱！

見將領們走了，暮青才道：「末將有些話，需與大將軍單獨談談。」

大將軍府的書房乃軍機重地，平日無軍令傳召，連魯大都不可進入半步。

未時末，書房的門開了又關上，元修坐去書桌後。

「濤子死了。」書房光線昏沉，桌上軍報齊整，男子坐在椅子裡，背襯關外輿圖，墨袍襯眉宇冷肅。

濤子昨夜輪職，從時辰上來說，他有被呼延昊殺了取而代之的可能。

他的親兵三千，人人他都識得，叫得出名字記得住長相，沙場上都為他拚過命。濤子平日最愛躲懶打諢，但戰場上殺敵最英勇的便是他。

呼延昊殺了西北軍兩個殺敵最英勇的兵！

「你怎知呼延昊混入了府中？」元修問，這少年今日為西北軍揭了一大隱患。

「我與呼延昊交過手，他在青州山裡殺過三人，屍身是我驗的，我了解他的性情。在不知凶手是他時，我也沒想到他會在府中，但凶手是他，他便很可能在府中。」暮青道，其實很簡單，只要按呼延昊的變態思維去思考就可以了。

「呼延昊殘暴變態，年幼時如同牛羊牲畜般長大，以身救父換來狄王一顧，作戰勇猛，卻屢次敗在大將軍手上。大將軍出身豪族，英雄名將，光芒耀眼，你有他渴望而不得的一切，他想毀了你，這等心理很好理解。他不是想讓你食人肉，他是想讓你食麾下將士之肉。」

「想一想，百姓敬仰的英雄竟食將士之肉，啃將士之骨，飲軍中將士的肉骨湯。這等英雄蒙塵、明輝生暗之事，想想就讓人好愉快。如此愉快之事，他怎會不想親眼見證？他既然能易容成小鄭，便能易容成大將軍的親兵。」

呼延昊藏在元修的親兵裡，午宴時光明正大地端著烤人排送去元修桌上，之後被她識破，竟還敢在大將軍府裡看她驗屍，聽她推理凶手，直到被點明身分才尋機退走，此人真乃膽大狂妄。

元修沉默地聽著，眸中風雪煞人。

「你與我私談就是要說這些？」

「不，我想說的是大將軍想擒呼延昊，需先放他出關！」

元修眸光忽斂。

「呼延昊狡詐如狼，他入嘉蘭關的目的絕非只為了給大將軍送一盤人肉，這對他來說只是餘興節目，他有正事要做，那就是出關！狄王病重，十萬鐵騎撤回王帳，王位更替近在眼前，呼延昊野心勃勃，定不甘王位被兄弟所奪。欲奪王位需先出關，可這一個多月來未有一場戰事。關城不開，呼延昊出不得城去，為了藏身，他便只能殺人易容，取而代之。」

「大將軍可有想過，呼延昊是如何入關、深入青州山中的？我想他用的便是殺我軍中將士，易容代之之法。他應是在兩軍交戰時擒了我軍將士，再隨我大軍進入關內，一路深入西北進入青州山。他從呼查草原逃脫後就此失蹤，如今看來並非失蹤，而是不知潛藏在何處，殺了我軍中將士，隨新軍入了關內。」

「呼延昊殘暴嗜殺，這一個多月他憋得太久，所以想找點兒餘興節目。前晚是小鄭，昨晚是濤子，以他的作案模式，今晚他還會殺人。今日他知道自己身分暴露，便不會再用濤子的身分，他需要尋找新獵物才能隱藏下去。可嘉蘭關城十萬大軍，他會殺誰不得而知，尋呼延昊如同大海撈針，想找到他唯有放他出城！」

軍中有奸細在，暮青不知今日在場的這些將領是否都可靠，擒呼延昊之計她才沒有當眾說。呼延昊太狡詐，若被他聞了風聲，要擒他就難了。他留在軍中無異於一顆隨時會引爆的炸彈，不如將他放出關去，在關外解決。

此計需保密，知道的人愈少愈好！

至於怎樣放呼延昊出關，那是元修的事，她的工作到此可以結束了。

元修沉默地聽罷，淡淡笑道：「魯大好賭的性子總也改不了，為此我和顧老將軍不知罰了他多少次，但他竟做對了一回。若非汴河城中一賭，也不會跟你這小子結識，軍中便要少個人才了。」

暮青不言，案子說完了，她又沉默了。

元修也不在意，道：「城中事起，城門封了，你今夜且宿在府中吧。」

為防呼延昊流竄去峽關城，城門關幾日，暮青便要在大將軍府中住幾日。

既如此，她便安心住下了。

大將軍府中設了靈堂，兩口大棺靜靜躺著，一副沒有頭顱和手腳的殘缺屍骨和兩口空棺，白綢蕭瑟了青天，靈堂冷清，無人弔唁。

元修下令先尋找小鄭和濤子的屍骨，這日萬軍搜城，踩起的黃沙漫了天，暮青立在大將軍府的院子裡仰頭遠眺，黃沙漫過牆，瞇了眼。

這滿城黃沙之景入夜仍在，月色都被遮了，朦朧如霧。

暮青住在客房，獨門獨院，院中一棵參天古木將朦朧的月色割得細碎。城中還在吵，她睡不著便出了房門，去樹下石桌旁坐了。桌上落著斑駁的月光，暮青抬手一抹，指尖一層黃土，她頓時覺得出門是個很蠢的決定，於是起身回房，回身關門時，忽覺天上有人！

暮青心中微凜，抬眸望去，只見遠處房頂月色朦朧，一人獨坐，執壺，仰頭，飲酒，墨髮隨風遮那月光，背向大漠山關，面望關內長河，黃風蕭瑟，那人在屋頂，背月一飲，豪氣蒼茫。

夜色不見山雲，卻似忽見雲中蛟。

那人痛飲一口，放下酒壺轉頭望來。兩相隔得遠，他的目光卻能精準地落在她身上，隨即好似能見他對著她一笑，然後見他抬手，衝她招了招手。

暮青只好又出了門，還沒到將軍亭，便聽元修笑問：「上得來嗎？」

暮青停在亭外十步，冷淡不語。

她不懂輕功，亭下亦無梯子，顯然她上不去。

這問題她覺得沒有答的必要。

元修一笑，執著酒壺縱身躍了下來，月色裡只見黑風一捲，人已進了亭子，黑袍一掀便坐了，大手招呼道：「進來坐！」

暮青見青石凳上鋪了層黃土，撩起袍子打了打，這才坐了。

元修笑話她道：「軍中男兒不拘小節，這點兒黃泥還嫌棄！日後怎去大漠？」

暮青不搭話，元修拿出只酒碗來，倒滿向暮青推了過去。

暮青道：「我對喝黃泥水沒興趣。」

元修挑眉，「你怎知是水？」

「大將軍的髮、衣袖、衣袂都顯示您在上風向，末將在下風向。碗在末將面前兩尺，人的嗅覺範圍在三丈內，如果我聞不出來，那不是我的鼻子不好，便是大將軍的酒不好。」

元修愣了愣神兒，哭笑不得，「不就是碗水，哪來這許多道理！你小子太古板無趣！」

暮青冷著臉，「是大將軍問我怎知的。」

她就是如此斷定的，他問了，她便答，難道應該有更有趣的答案？

元修又愣，在他看來那不過是句閒話，哪知這小子心裡頭事事都跟斷案似的？早知她如此一板一眼，他就不問了。

「大將軍問我，我便如實答，我不喜歡欺騙。」暮青道。

元修聞言笑意漸收，這小子雖然古板了些，但這也算好品性！

暮青看了眼元修手中的酒壺，道：「大將軍喝水抑或喝酒都無用，去吐一吐最管用。」

她記得她的第一堂解剖課，第一次驗高度腐敗的屍體，第一次出凶殺案的現場……經驗之談，沒有什麼比把胃部排空更管用。

元修執著壺，本欲喝幾口，聞言又放下了，道：「你以為我覺得吃那人肉噁心？」

難道不是？

元修仰頭長飲一口，水液清冽，瓊漿玉液一般，喝進口中卻淡而無味。

一年復一年，這酒不過是水，他也習慣了，把水作酒一樣能喝出豪氣來！

男子一抹嘴角，痛快笑道：「人肉？早吃過了！味兒還不錯！」

元修轉頭西望，目光極遠，似落在那暮色如雪的大漠關山。月色照著男子半張側臉，另一半沉在夜色裡，晦暗難明。

「我像你這般年紀時剛從軍沒兩年，那時西北軍未立，守城的是顧老將軍。那年勒丹聯合了戎狄二部來犯，顧老將軍率軍抗敵，那時關城未修，我發現了一處出關的小路，便請命領了兩萬騎兵出關，突襲勒丹牙帳。勒丹王帳在烏爾庫勒草原以北，接塔瑪大漠。那地形若從正面突襲必被發現，我便率人深入大漠，從背後突襲。大漠行軍需得先摸清暗河，軍中有一小將，西北邊城土生土長的小子，查找水源很有一手。塔瑪大漠兩條暗河皆有胡人探子，偏叫他尋出一條隱為人知的來，我便下令順著那條新發現的暗河行軍。」

「前頭三日很順利，到了第四日傍晚，大軍休整補水時，我們遇上了黑風暴。」元修說到此處頓了頓，暮青的心也跟著沉了下來。

黑風暴，俗稱黑風，她沒見過，但知道那是一種強風、濃密度沙塵混合的災害性天氣，風牆可達上千公尺高，能見度為零，所過之處沙埋沙割寸草不留！

「那日大軍死傷過半，風暴停歇後，剩下人重新休整，卻發現為躲風暴偏離了暗河，地形變了，那小子一時找不出水源，大軍便被困在了大漠裡。行軍帶的乾糧和水只撐了三日，之後便殺了戰馬，食馬肉飲馬血，大軍在大漠深處摸索行路，一連四、五日未找到水源，一萬大軍渴死的便有兩千多，每日都有被拋下的人和馬，後來我們連馬都沒氣力再殺，大軍無水無糧，面臨困死。那小將便要我殺了他，食他之肉。」

暮青一愣，元修笑問：「不問我吃了沒？」

暮青沒問，只是望著男子清澈的眸，肯定道：「你沒吃。」

「你也有答錯的時候。」元修忽然一笑，那笑意星河般舒朗，「我吃了。」

暮青眸光微沉，她說他沒吃自然有根據。他問她那句話時，瞳孔正常，手未握緊，腿未收起，身體動作很放鬆，未見緊繃，這不是撒謊之態。

但元修剛才說他吃了，也沒有撒謊。他說此話時雙肩同時抖動了下，那是坦誠的肢體語言，若他說謊，他抖的便該是單肩。

他吃過人肉，卻對此無心理負擔是為何？

暮青思維一轉，目光忽然一變！

這時，元修起身便開始解衣帶。他還穿著那身墨色騎裝，蟠螭紋的墨色衣帶落在地上，元修未著中衣，衣帶一落，寬胸精腰便忽奪月光，英姿若驚鴻。他從青石桌後走出來時，上身精赤，雙腿精長，除了青墨的褻褲身上未著一物。

暮青的目光落在那青墨的褻褲下方，那裡遮不住一片傷疤，疤痕年數已久，但足有兩個巴掌那麼大！

他曾割肉為食……割的是自己的肉！

暮青許久未言，只聽見風吹過亭子的蕭瑟之音。

不知多久，忽有腳步聲來，那腳步聲是跑著的，似有急事，人未至，聲已到：「大將軍，找到——」

話未說完，人聲忽止，那親兵立在將軍亭外十步處，遮著眼便往後退，「末、末將啥也沒看見！啥也沒看見！」

西風呼嘯，暮青坐在亭中，面生寒色。

元修氣笑了，衝那欲待離去的親兵喊：「你沒看見啥？滾回來！」

「啥也沒看見！」那親兵頭搖得博浪鼓似的，就是不往亭中來，元修一喊，他退得更遠。

「你們大將軍在給我瞧他腿上少的那塊肉。」暮青面罩寒霜，起身道。

「哦，那塊肉。」那親兵在遠處一愣，下意識抬頭往亭中望了一眼，又刷地低下頭，碎碎念：「啥也沒看見！啥也沒看見！」

暮青的臉頓時黑了，怒掃元修一眼，他哪兒挑來的親兵，真是個愣頭！

元修的臉色也有些青，尷尬地對暮青一笑，衝那親兵喊：「你個愣頭！俐落地滾回來！剛才所報何事？」

「啊？所報啥事？所報、所報……」那親兵懵了半晌，一時竟想不起所報何事了，想了半天才喔了一聲，扯著嗓子遠遠道：「報大將軍！小鄭的頭和手腳找著了，濤子沒消息，還在找！」

小鄭是在伙頭營被害的，將軍們猜測埋屍地應與伙頭營不遠，於是把伙頭營挖地三尺翻了個遍，在柴房牆角柴火堆的地底下找著的，挖出人頭時，那場面……別提了！

伙頭營的人說，前晚後院聽見劈柴的聲兒，有時哪日活兒太多幹不完，夜裡劈柴的事常有，因此也沒人在意，如今想想，那劈柴聲許就是分屍聲。小鄭就在伙頭營裡被分了屍，那群伙頭兵險些炸了營兒，這會兒正跟著大軍一起在搜呼延昊呢。

軍中只知呼延昊混進關城殺了人，不知他可能易容成身邊人。此事若被軍中將士知曉，難免人人疑心生亂，元修便嚴令封禁了此事。放呼延昊出城之事他心中已有計策，只待今夜與老將軍商議交代些日後城防諸事。

「找到的送去靈堂，沒找著的繼續找！」

「是！」那親兵得令，抱著軍拳高喝一聲，習慣性抬頭，瞥見亭中景又刷地低頭，匆匆退走，一路走一路聽他在那裡碎碎叨叨：「沒看見沒看見……」

元修抄起桌上酒壺就朝那親兵扔了過去，「閉上你的嘴！」

咚一聲，酒壺落地，那親兵跳開，一溜煙兒跑遠了。

不能怪他多想，那亭中之景太戳眼——大將軍站在英睿將軍面前，脫得只剩條褻褲，英睿將軍坐著，盯著大將軍的……

咳！

沒想到大將軍好這口！怪不得聽魯將軍說，大將軍連窯子都沒逛過，難不成好的是男風？

自以為發現了大將軍祕密的親兵少年覺得，他還不如剛才被那酒壺砸暈呢！

大將軍日後不會滅了他的口吧？

元修將衣袍穿好後，見暮青臉色還黑著，笑道：「別理那小子！那群小子平日操練罷了，沒少幹河裡沖涼遛鳥的事！軍中男兒不拘小節，打個赤膊也值得大驚小怪！」

他初從軍那幾年，沒少光著膀子跟軍中將士一起沖涼，今夜又沒脫個精光！再說脫個精光也無妨，軍中遍地粗漢，還能有女人不成！

「行了，別拉長著臉了。小鄭的屍首找著了，去靈堂瞧瞧吧。」元修道。

暮青未言，起身出了亭子。

元修自她身後出來，兩人一道兒去了靈堂。

靈堂設在偏廳，素白燈燭照著兩口大棺，一口空棺，一口裡已被放入了頭顱和手腳。一張精瘦的臉，血肉蒙上了黃土顏色，曾經縱馬殺敵含血笑，如今灰黃的頭顱和手腳拼湊著一副殘缺不全的白骨，忠魂身死關城。

元修從靈堂出來，負手立在門口深吸了口夜風，西北的夜風烈烈如刀，割人喉腸。

西北十年，歲月崢嶸，十萬將士埋骨邊關，那一年，他也險些留在那黃沙大漠，身不得歸，從此以骨守國門。

那年，他比她大一歲，多少兒郎最熱血的年紀。天下人皆道他以八千騎兵突襲勒丹牙帳，殲勒丹三萬騎兵，殺突答王子，卻不知隨他出關的將士有兩萬，他們埋在了那大漠黑風裡，黃沙為塚，屍骨難還。天下不知，那八千騎兵也險些埋骨大漠，是他笑坐黃沙，割肉飲血，激了士氣，多撐了那一日，才等來了絕處逢生。

大軍在水源地休整了三日，他熱症了三日，突襲勒丹牙帳那日，他負傷衝殺在前，一箭射死突答王子，士氣沸騰，勒丹兵大亂，那一戰勝後，他回到關城，休養了整整三個月。

他回來了，卻有太多將士沒能回來，大漠之上處處英雄墳，伴著那日暮關山，遙望國門。

「這個時候，果然還是有酒好！」元修一笑。

他也不知為何與暮青說那些往事，許她是這些年來被軍中奉為傳奇的又一人物，英雄寂寞，大抵……有些相惜之情吧。

「三更天了，回去歇著吧，過幾日就忙了。」元修叫暮青去歇著，自己卻沒有要去歇息之意。

月色蒙著黃沙，白燭清冷，男子負手，夜色裡亦見乾坤朗朗，鐵骨錚錚。他是元家嫡子，士族子弟，依大興律，士族子弟不從軍營不入學堂，依舊可在朝謀官。

憑他身分之貴，本不需來這邊關苦寒之地殺敵守國，只需在盛京過那繁華安逸日子，此生富貴已極。但富貴磨不滅男兒報國志。

那場戰事他未講完，但最險的怕是在他割肉後，脫水失血，能活下來只能說算他命不該絕。那天下傳聞中的戰神，亦曾有過險境，亦曾有過那段艱苦歲月。

邊關十年，他磨了那身貴族矜持嬌氣，與將士們同食同寢，一條河裡洗澡，磨出了一身昂揚豪氣，渴飲胡虜血，戰場殺敵笑，將士保家衛國，管他何處為塚！

她少有敬佩之人，元修當為其一。

暮青下了石階，走了三步停了下來，回頭見元修還立在靈堂外，忍不住道：「大將軍。」

「嗯？」元修轉過頭來。

「我曾經辦過一件案子，有一人家中親眷報官，懷疑家中有人被賊人所害。捕快尋去那賊人家中，只在家中找到了那人的頭顱和手腳，身子其餘部分挖地三尺也未尋著。後來那賊人招供，他將屍身切成了小塊烹煮，一些丟出去餵了野狗，後來因太多了，便下鍋燜炒，送了街坊四鄰。」

其實這是她前世辦的案子，案子破獲後，她的那群同事們便再也不吃鄰居送的飯菜，尤其是肉菜。

元修：「……」

「世上凶手多矣，不明情況下吃了人肉的不只大將軍一個。」

「……」

「那些百姓吃了一盤，大將軍只吃了一口。」

「……」

元修低頭咳了一聲：「多謝。」

他總算聽懂了，這小子在寬慰他，只是……好與眾不同的寬慰。

「齊賀還在府中，大將軍風寒的話，尋軍醫瞧下，末將先回了。」暮青說罷便轉身走了。

男子望向她離開的方向，唇角帶著未落的笑意。

這小子，真是塊寶！

古怪的寶。

濤子的屍身在凌晨時找到了，他前日傍晚去過馬場，元修懷疑他是在馬場附近被害，軍中便派了人挖地尋人。馬場占地頗廣，這邊挖了沒見著，後頭跟著的人便填上，直到天快亮了，才在馬場一處馬廄下方挖到了濤子的屍身。

呼延昊極為聰明狡詐，馬場上的草被翻動過容易被發現，他竟擇了馬廄下方為藏屍地。

屍身挖出來時，臉上覆著黃泥，黑黑厚厚一層，風一吹，血腥氣撲鼻。屍身的臉沒了，凹進去一塊，黃泥填著，好似一張沒有眉眼的臉譜。人抬去大將軍府上，元修通過屍身左腹處的傷疤辨認出人就是濤子，那傷是胡人的彎刀劃的，一次隨他征戰，為了護他留下的。

這日清早，軍號吹響了整座關城，喪報從大將軍府中而發，四面府門大敞，不知情的人還以為是元修薨了，但整座關城的將士都知，那是在為死去的兩位將士發喪。

顧老將軍率嘉蘭關城的眾將前來弔唁，元修身穿白袍立在靈堂裡，歃血為誓，誓要將此血債記在狄人頭上，出兵討狄！

眾將紛紛請戰，元修親點魯大和王衛海兩員大將領兵殺向狄人部族，駐紮在烏爾庫勒草原邊緣的戎軍、烏那軍和月氏軍聞風而動，出五萬大軍斷魯大和王衛海後路，卻不想元修親領一支奇軍忽然出現在他們身後，而本來要殺向狄人部族的魯大和王衛海突然回身，兩軍合圍，竟將這五萬五胡聯軍包了餃子！

狄部本可來救，王后為防王帳生亂，不准許王軍出動，下令死守王帳。老狄王的四個兒子為爭王位，有人主戰，有人不贊成，一輪爭吵，生生把戰機給吵沒了。

這一戰，西北軍斬殺五胡聯軍三萬多人，俘虜五千人，自五胡聯軍退守百里外一個月來，一戰大捷！

大軍歸來時，關城全軍沸騰，俘虜的五千胡兵被關押在關外甕城的地下牢房。這晚，有五人被提出，趁夜色送入了大將軍府。

書房裡，元修道：「呼延昊已趁亂脫身，去了勒丹部族方向。」

「勒丹？」呼延昊不是狄人嗎？為何去勒丹？

「他娘是勒丹人，草原五胡部族多有摩擦，每五年有勇士比武，輸了的部族要向贏了的奉獻牛羊和女人，呼延昊他娘便是被勒丹送給狄王的女奴。他身上有一半勒丹血統，雖是女奴所生，但這些年在狄王帳下頗為英勇，狄王讓他領著部族兩萬精騎。勒丹王野心勃勃，早有吞下狄人之心，這些年沒少向呼延昊示好，兩人私下來往甚密。」

原來如此。

「以呼延昊的性情，應與勒丹王打著一個主意。狄王病重，四子奪位，他有青州山那一敗，此時若回定被排擠降罪。前往勒丹，他是想與勒丹王合力，取狄王之位。」暮青道。

「沒錯。」元修一笑，「他和勒丹王都盯著狄人部族，即便知道各懷鬼胎，還是會合作。」

「大將軍有何計策？」元修既然在戰場上發現了逃走的呼延昊，沒有擊殺他，放他離去，自有更大的圖謀。

元修看向那五個胡兵，道：「他如何混進大將軍府的，我就如何混到他身邊去！」

只憑五人？

「呼延昊狡詐多疑，人多了容易壞事。」元修眸中有烈光生出，問：「可敢隨我深入虎穴，走上一遭？」

「有何不敢？」她來軍中就是謀前程來的，愈險軍功愈大，早日大捷才能早日回朝受封，她才可繼續查殺爹的元凶。

「好！」元修笑一聲，抬手便要拍暮青肩膀。

暮青敏捷後退，元修手落空，不由一愣，見少年面色冷淡，眸光如刀，「大將軍這習慣要改。」

元修頓覺古怪，這習慣有何問題？軍中有這習慣的將領多著，他有時在馬場拍拍那些小將，見他們挺高興的，為何這小子不樂意？

「末將孤僻！」暮青又把這理由搬出來。

元修頓時被她給氣笑了，「得了吧！不樂意就直說，下回不拍你就是！」

「不樂意。」暮青還真直說了。

元修這回連氣都沒力了，搖頭咕噥了一聲：「真是的，屬毛蟲的，拍一下還螫手！」

「大將軍還打算帶誰去？」

「你我各帶一人，另一人是軍中新來的傳令官，江南魏家的少主魏卓之。他的輕功在大漠用得上，我帶個會說勒丹話的人，你帶那人需挑個身手好的，到時顧得上你。若沒合適的，我幫你挑個。」

暮青道：「我的人都不會說勒丹話，我也不會。」

「我會說，路上教你。我們此番入敵營不是當探子去的，而是趁呼延昊起事，混入勒丹大軍，助他一臂之力的！」元修笑道。

以勒丹王吞併狄人部族的野心，呼延昊成事之時便是他殺呼延昊之時。呼延昊不傻，他知道勒丹王之心，恐怕他也有宰了勒丹王一統狄人與勒丹兩個部族的野心。

狄人王族一死，便是呼延昊和勒丹王相殺之時。

元修之意是他們混在勒丹軍中，幫呼延昊殺了狄王，再幫勒丹王殺了呼延昊，若西北軍大軍到得及時，還可再回頭殺了勒丹王。

好一個助他一臂之力！

此事若成，草原五胡較強的狄人與勒丹兩部受到重創，戎人、月氏、烏那三部便不足為懼，邊關之戰可大捷！

「那越慈吧。」深入敵穴應能探到不少敵情，月殺跟去，可與步惜歡隨時傳信，只是他的身手不能顯露太多。

「好，你信得過他就成！」元修痛快應下。

「外頭那五人是？」暮青問道。

他們是要易容深入敵營的，難道要易容成這五人的模樣？這五人是從戎人、月氏和烏那聯軍中抓來的俘虜，而他們要混入的是勒丹軍中。

「他們是勒丹混入那三部中的探子。草原五胡之間摩擦久矣，互有探子安插在對方部族，這五人是剛審出來的，問了些事出來。一會兒魏卓之過來，胡人模樣與我們大興人有些區別，要他參照這五人模樣給我們準備易容之物。」

原來如此，多了解些五胡內部之事，以防到時有突發之事穿幫。

「胡馬此戰也套回來不少，一會兒去馬場瞧瞧，明日凌晨走！」元修道。

這時，書房門口有親兵來報，魏卓之來了。

暮青與魏卓之有段日子沒見了，魏公子還是那身傳令官的小將軍服，人比在江南時晒得黑了些，卻少了些公子氣，多了些男兒氣。

「大將軍！」魏卓之衝元修抱拳一笑，瞥見暮青時，細長的眸中笑意深了幾分，「英睿將軍，久仰大名！」

「魏公子。」暮青頷首致意，面色頗淡。

兩人裝作初識，元修讓魏卓之去瞧瞧那五個勒丹騎兵，魏卓之道：「剝了皮子做是最好的，不剝臉皮，剝身上的皮子也一樣，只是膚色要加工一下。」

暮青皺了皺眉頭，她聽說過魏卓之易容術精湛，曾猜測她所戴的面具出自他手，莫非也是人皮面具？

暮青想摘下來細瞧，只是忍了下來，腦海中卻忽然閃過一些情景——廢棄的宮殿，樹後的井，一具差別分解的屍體，一張被毀了的臉……

有個念頭從腦海中閃過，她低著頭，神色難辨。

魏卓之在這裡，暮青並不想久待，回過神來後便先告辭了。

回到石關城後，暮青讓月殺幫她挑了匹溫順的胡馬，與韓其初等人略一交代出關的事，次日天不亮就出了關去。

大漠關山沙如雪，晨陽初照，連穹廬，鐵山蒼茫。

五騎自峽關城西門馳出，縱馬揚鞭！

晨陽照見五人的臉，高鼻深目，面頰黑紅，儼然胡人！

「勒丹突襲狄人牙帳必在夜裡，兩部族間需經過桑卓神湖，此湖在桑卓神山腳下，水草豐茂，可藉以藏身。我們需趕在呼延昊起事前趕過去，這一路需快馬加鞭！」元修迎著風沙，聲音隨風傳去身後。

元修帶的那會勒丹話的親兵正是那晚去將軍亭中報信的兵，他跟在元修身邊三年了，馬術精湛，五人中唯獨馬術生疏的便是暮青。

他們輕裝上路，乾糧只夠三日的，即是說三日之內要趕到桑卓神湖！

暮青的騎術尚不精湛，此行對她來說是一場考驗，她在策馬躍上沙丘，抬眼望茫茫大漠，咬牙揚鞭！

「駕！」

第三章

孤軍深入

塔瑪大漠遍布沙丘沙海，晝夜溫差極大，白日策馬，汗溼衣衫，夜裡歇息，裹毯而眠。

月升西丘，朔漠茫茫，胡馬低頭甩尾，啃著乾枯河床四周零星的青草。風沙連天，沙丘後，一堆枯灌木燃起的篝火點亮了大漠夜色，元修和魏卓之披著羊毛毯子背靠沙丘坐著，手中烤著乾餅。月殺和元修的親兵孟三一起去拾枯灌木，暮青獨自蹲在遠處撥弄著黃沙，不知在搗鼓啥。

「幹麼呢！過來烤火！」元修遠遠喊了一嗓子。

暮青不吭聲，依舊在遠處沙丘下搗鼓黃沙。

魏卓之看了元修一眼，目露敬佩之色，這大漠風沙烈的，一張嘴能灌一嘴泥沙，這時候當啞巴才明智，扯著嗓子喊話的人值得送上敬意。

「周二蛋！」元修又喊了一嗓子，見暮青不理人，便笑了一聲起身大步走了過去，人還沒到便問：「幹啥呢？又孤僻了？」

「咳！」一路上忍著不說話的魏公子還是嗆了一嘴的沙，孤僻？

她孤僻才好！至少比毒舌時可愛。

暮青沒答話，低頭繼續忙活。

元修到了她身後，目光往她面前的沙裡一落，微愣。

月色清冷，黃沙如雪，一具骸骨靜靜躺著，已經被發掘出了一半，頭骨半邊埋在沙裡，半邊躺在月色裡，空洞的眼眶和張著的嘴裡都填滿了黃沙。

「挖這東西要做何用？」元修皺起眉來，大漠埋葬了太多西北將士的忠魂，這些骸骨對他來說有太多難磨滅的記憶。

「研究。」暮青頭也沒回道。她這些年所見的屍骨都是大興人，難得有機會到塞外來，可以瞧瞧其他人種的骨骼。

這時空沒有蒙古、高加索等地，不能將人種分成蒙古人種、高加索人種和尼格羅人種，但就膚色來說，大興人依舊屬黃種人，而草原五胡的膚色有白有棕，骨骼亦有差別。

「有何可研究的？」元修瞥了那骨頭一眼，一點兒也瞧不出有何可看之處。

「有！」暮青折了些枯草當作刷子，仔細掃著骨上的黃沙，似清掃著古董上的灰塵，小心翼翼，呵護如寶。

她清理得極慢，元修覺得若不幫忙，她大概要清理到明天早晨，於是去旁邊拔了一把枯草，蹲下身來。

「別碰！」還沒碰到，暮青便阻止道：「這具骨骼有部分露在外頭，風化已久，易碎。」

元修氣也不是笑也不是，一把扔了手中枯草，就地盤膝坐了。這小子封個中郎將可惜了，她該去朝中刑曹提刑司任職！來趟大漠，馬上顛簸了一日，好不容易日落歇息，她還奔著挖骨頭，朝廷提刑司的仵作都沒她這般稱職！

他從腰上解下水袋來，仰頭痛飲了一口。

圓月高懸，沙丘似雪，一人盤膝背月，一人蹲身向月，一具骸骨半掩在黃沙裡，灑一層清霜，西風獨悠。

遠處，月殺將拾好的灌木放去篝火旁，轉頭望了暮青和元修一眼，起身過去喊人。

「哎！」孟三趕緊拉住他，「你去幹啥？」

「餅烤好了。」月殺看一眼孟三的手，忍著把那手削下來的衝動。

「烤好了先放著，沒看見大將軍和將軍忙著？」

「忙？」月殺冷冷瞧了眼那邊，一人坐著悠閒地喝水，一人在挖沙子，忙？他看他們很閒！

孟三拉著月殺的衣袖不撒手，「哎，反正你別過去就是了。」

「我倒想知道，為何不能過去？」魏卓之吹著烤好的餅上的黃沙，細長的鳳眸裡有抹玩味的笑意，有有趣的消息可探聽，他不介意張嘴吃點沙子。

月殺也看向孟三，孟三被兩人盯得渾身不自在，他敢說大將軍好男風，瞧上英睿將軍了嗎？那晚，自打撞見將軍亭中事，他就覺得他肩頭有特殊的使命！做為唯一一個知道大將軍好男風的親兵，守護主子的祕密是職責，必要時牽線望風也是職責。

公子魏新來軍中，不似大將軍的親信，此事自不能在他面前洩漏半分，但英睿將軍的親兵長是否該知道此事？免得他總殺風景！

月殺沒耐心等他糾結，轉身便往元修和暮青的方向去。

「哎哎哎！」孟三急了，硬拖了月殺一把。

月色裡忽有寒光起，一袖隨風蕩遠，月殺收起匕首，一攏斷掉的袖子，頭也不回地走開。

孟三臉色鐵青，要不是他剛才收手快，這人會一刀把他的手指頭都割了！他頓時脾氣也上來了，「嘿！沒見過你這麼不懂事兒的親兵！今兒爺還真不許你過去了，動手是吧？你還親兵長呢，連你家將軍的事都不知。今兒小爺就教教你，怎麼當親兵！」

月殺問：「我不知何事？」

孟三咧嘴一笑，道：「嘿嘿，想知道？剛才想割小爺的手，現在想從小爺嘴裡套話？你先贏了小爺再說！」

「你贏個屁！」遠處一只水壺砸了過來，孟三刷地跳開，抬眼見元修大步流星地走了過來，氣極笑罵：「你小子整日腦子裡想啥呢！」

「大將軍！」孟三一臉委屈。

暮青抱著顆頭骨走過來，面色冷沉，道：「你家大將軍只是給我看了他的大腿。」

「噗！」魏卓之一口烤餅噴了出來。

月殺面色一寒，眸底冰霜似刀，直戳元修。

元修尷尬一咳，軍中都是漢子，他向來隨意，本來他不覺得怎樣，可被她一說，他怎麼倒覺得自己那夜唐突了？

孟三嘿嘿一笑，「您可不只看了我家大將軍的大腿。」

月殺刷地轉頭，盯住暮青。

暮青淡淡看了孟三一眼，「我也不只看過一具男屍，都是裸的，你家大將軍還穿著褻褲。」

說罷，她就抱著頭骨去篝火旁坐了，徒留身後僵住的三個男人。

元修眉頭古怪地跳了跳，孟三張著嘴吃風，月殺放鬆了下來。

魏卓之沒忍住，噗嗤一聲笑了出來，慈悲地看了眼元修和孟三，他就說嘛，她毒舌的時候，還不如孤僻。

這夜，吃飯的氣氛很尷尬，暮青卻沒感覺到，她盤膝坐著，腿上蓋著羊毛毯，上頭放著只頭骨。她一手拿著塊木枝穿的烤餅，邊吃邊摸著那頭骨的顴骨和下頷骨，她目光專注，臉色冷淡，但那手勢總有種在調戲死人骨頭的詭異感。

「有何不同？」氣氛太尷尬，元修不得不開口調節下氣氛。

「顴骨不高凸，口鼻部略有前凸，人種不同。」暮青道。

「有何用處？」

「有的屍骨被發現時已白骨化，身分的確定首先要看人種。大興人和胡人人種不同，大興人的頭骨顴骨高，面部扁平，胡人不同。人種不同，身長的計算方法也不同，胡人比大興人高大，若按照計算胡人身長的方式來計算大興人的身長，那會錯得很離譜，官府若查人，會受到很大的誤導。」暮青將頭骨托起來，對著火光細看。

同一人種，古代人與現代人，南方人與北方人，身高還是有些差距的，所以初隨爹去義莊時，她並不敢隨意套用前世的公式來計算身高，大興人的身高計算方法是她這十二年來根據驗屍經驗調整總結出來的。

「可惜，不知道這具骸骨是胡人哪一部族的。他們的相貌有些不同，狄人白些，勒丹人黑一些，差別肯定不是只在膚色上，若能多些屍骨研究下就好了。」

「你真不該來西北從軍，該去朝中刑曹提刑司效力。」元修一嘆。

暮青不言，若爹還在，她此生便真的會當一輩子的女仵作。

氣氛又沉默了下來，五人圍著篝火吃了烤餅，孟三便教暮青、月殺和魏卓之說了會兒勒丹話。元修在西北十年，五胡的話他都會說，狄話與勒丹話稍有不同，他將一些常用的話教給三人。待夜深了，孟三和月殺輪流守夜，其餘人便裹著毯子睡了。

第三日傍晚，五人在離桑卓神湖五十里外的沙丘後停了下來。

塔瑪大漠的綠洲就在五十里外，翻過桑卓神山便是桑卓神湖，那之後便是烏爾庫勒草原了。

這三日元修一直與派入勒丹的探子聯絡，呼延昊到了勒丹後一直未見動靜。他們在等待起事的時機，等待狄王病危、四子舉兵互殺奪位的時機。

這個時機元修也不知何時能到，他們這三日急行只是為了趕早不趕晚。

五人在沙丘後等待探子的傳信，水在暗河補充過，乾糧吃完了就去抓蛇，這些事暮青一概不參與，她只顧著在黃沙裡發掘白骨，別人都等得心焦，她恨不得時日再長些。

第四日傍晚，元修接到兩封密信，狄王於昨夜病故，王后祕不發喪，暗中調動王衛，欲助其四子奪位。不想被已投靠大王子的神巫揭發，大王子帶著麾下勇士圍堵王帳，與四王子軍刀兵相見殺了一夜，凌晨時分王衛與四王子軍占了優勢，看了一夜好戲的二王子和三王子前來坐收漁翁之利，把大王子的殘兵和四王子軍圍住，卻誰都不敢先動手，生怕誰先動了手便會被後頭那人占了便宜。

事情傳到勒丹，勒丹王決定今夜舉事，命二王子突哈與王下第一勇士蘇丹拉率五萬勒丹精騎，由呼延昊在內接應，殺狄人一個措手不及！

元修收了密信，待天色黑了下來，五人便上馬向著桑卓神山疾馳。

到達山腳下時，聽山那頭馬蹄聲踏破草原夜色，震得腳下隆隆作響。五人聽馬蹄聲過去才下了山去，跟在勒丹大軍身後往狄人部族而去。

元修五人跟在勒丹大軍身後，未敢靠得太近，待望見狄人部族時，眼前已是片片火海。

火箭燒了民帳，流矢扎進草堆，星火遍地。

馬蹄聲、刀兵聲、金鼓聲、箭嘯聲、婦人孩童的哭喊聲、雜亂的腳步聲，草原的長風吹不散血腥氣，牧野千里，屍千里。

狄人部族已混戰成一片，五萬勒丹鐵騎將草原牧場圍了，裡面叫囂著的都是胡人話，暮青只隱約聽懂了幾句。不過，以勒丹軍沒有衝殺進去的戰況看，呼延昊應已在裡面控制住局勢了。

「呼延昊的人將百姓抓了，其中多數是草原勇士和騎兵的家眷。」元修的聲音隨夜風傳入暮青耳中。

暮青遠眺，瞧不見呼延昊在何處，但能瞧見穿著牧民衣衫的百姓被綁押出來，老幼婦人脖後都抵著彎刀，流火彤彤，刀刃金紅如血。

「呼延昊逼王軍和幾位王子麾下的勇士將王后和王子們押進王帳，大王子不見了，應是生亂時趁亂躲了起來，此時正搜帳。」元修道。

勒丹軍圍了狄人部族，大王子不可能逃出去，應是趁亂藏去了哪頂帳中。燒帳最易將人逼出，呼延昊卻命人將大王子的妻兒綁去王帳外，沙漏每翻轉一次，便殺一人。每殺一人，便命人將頭顱斬下，插在彎刀上，舉著在各帳外騎著馬走一遭。

火光照著彎刀，鮮血從溫熱的腔子裡淌下來，那些瞳眸裡還留著死前的恐懼，瘟疫般蔓延進生者眼裡。

那些舉在彎刀上的人頭有四、五顆，皆是男性的，大多是少年，他們曾是草原部族最尊貴的王子王孫，今夜以這般方式被了結一生。王權的更替是血的戰爭，對暮青來說曾只存在於書頁裡，今夜卻如此鮮活扎入心底。

死的人是大王子的兒子，他卻依舊躲在不知哪頂帳中拖延時辰，苟延殘喘。

「大王子膝下六子，死了五個了，還有個三歲的幼子。」元修道。

三歲，還是孩子……

呼延昊麾下的勇士舉著人頭從各帳前走過，後頭有人舉著火把，一路跟隨，嘻嘻哈哈。他們並不往帳子裡走，只是在外頭巡視而過，似遊街。每走過一頂帳子，火光從帳外照過，磨得禿黃的地面亮了又暗，暮青忽然盯住近處一頂帳子的地面！

那帳子靠近勒丹鐵騎，地面的青草因平日進出已有半圈磨得禿黃，幾個凌亂的腳印在地上躺著。

腳印淺，天色黑，暮青看得並不清楚，但火光照過的一瞬，她覺得那幾個腳印有些不對勁。

這些草原帳子地處邊緣，應是民帳。族內生亂，外族來犯，百姓被呼延昊的人從帳中綁出，進帳的騎兵定非一人，地上的腳印應是凌亂的、尺碼不一的，還應有馬蹄印。但那帳外地上的腳印蓋過了馬蹄印，顯然是後來踩上去的，而且那幾個腳印的大小似乎都一樣！

夜色濃，離著也不算近，暮青不確定，但想著有個三歲的孩子頭顱會被插在彎刀上，她決定一試。她輕咳一聲，給元修使了個眼色。

元修循著她的目光向那帳子，傳音入密問：「帳中有人？」

暮青先搖頭，又點了下頭，表示不確定，但可一試。

元修給孟三使了個眼色，孟三在人群後頭忽然高喝一聲：「祈桑克布熱！」

帳中有人！

這聲音如一道驚雷，勒丹兵紛紛轉頭看向孟三，孟三朝那帳中一指，「呼薩！」

那邊！

呼延昊的精兵聽聞這邊喧鬧轉頭望來，正望見孟三的刀尖兒指向一頂民帳。

那些精兵目光頓寒，速步向那帳子奔去！

剛到帳門口，帳中忽有雪光一劃，那幾名精兵的眼被晃了下，裡頭有人大力撞出，最前頭那精兵只覺腹部一涼又一熱，血線將月色濺得猩紅，他倒下之時看見一雙含血如狂的眼。

大王子奔出，望見彎刀上挑著的人頭，發出一聲野獸般的怒吼，毫無章法地朝那幾名精兵砍了去。

兒子被殺，他躲在帳中不出，受了極大的精神折磨，瞧見五個兒子慘死之態，心智已狂。

那幾名精兵反應過來，彎刀一甩，人頭甩去地上，骨碌碌滾去老遠，鮮血和著黃沙草葉沾在臉上，再難辨誰是誰。有一顆人頭滾去旁邊燃著的流矢旁，頭髮被燒著，臉皮被火烤著，片刻便傳來滋啦滋啦的聲音。

大王子悲吼一聲撲去，那些精兵便湧過來往他手腳上砍，血濺如花，人很快便成了血人，腳筋被斬斷，跪在地上被直接拖去了王帳。

這時，前方馳來一名勒丹將領，叫暮青等人所在騎兵隊去王帳外頭護衛。

「胡人尚武，崇敬勇士，勇敢之人在王帳和將領麾下效力是一種獎賞，此乃獎賞我們方才的功勞。」元修的聲音傳來。

暮青也沒想到那帳中真有人，只能說今夜運氣好，被他們蒙對了。

五人跟在勒丹騎兵裡往王帳馳去，遠遠的便望著狄人王帳方向，那邊正有場殺戮大戲。

王帳外，那將領來到一名青年男子身旁，那人披甲戴帽，帽上墜著成串的寶珠，帽下髮色深棕，編著兩條髮辮，高鼻深目，膚色黑紅，瞧身分應是勒丹的二王子突哈了。

突哈身旁有王軍護衛，暮青等百人只在周邊，但已能瞧得清王帳外的情形。呼延昊就在帳外，他背對著暮青，騎著匹黑駿的戰馬，背影挺直寬闊，馬前一人被押跪在地，地上血紅的拖痕，正是大王子。

大王子雙目血絲如網，口中叫罵不成人聲，拚命想往帳中去。帳中正傳來男人肆意的笑聲和女子的哭喊聲，暮青皺起眉來，片刻後見一撥男人面含春色地出來，又有一撥人進去，直至那女子沒了聲音，被一高壯的精兵拖著腳甩了出來！

那女子髮絲凌亂，身上髒汙，白皙的膚色在月光裡如珠如瓷，一看便知是尊貴身分。

大王子發瘋般向那女子撲去，兩名精兵齊手將他的胳膊卸了，慘嚎刺破草原夜色，呼延昊在戰馬上笑。

「別急，為你準備的好戲才剛開始，我的大哥。」呼延昊高坐馬上，轉頭遠望，一名未著寸縷的少女被綁進來，少女髮髻凌亂，哭喊著便向大王子撲去。

呼延昊在馬上執鞭揮下，鞭聲如雷，撕裂蒼穹，扯開少女背上的皮肉，血珠濺紅了月色。

王帳四周的夜風裡獸氣漸濃，圍在四周的勒丹兵望著少女，露出狼一般的目光。

「誰要，我們狄人部族最尊貴的瑪塔公主是你們的了。」呼延昊以馬鞭指著那趴在地上的少女道。

呼延昊麾下的精兵們殘酷地一笑，拖著那少女便進了王帳。王帳大敞著，地上鋪著駝絨的雪毯，毯上滿是潑灑的血跡，五具無頭屍身倒在毯上，少女被拋去屍堆裡，在她的父親和死去的兄長屍身面前承受著屈辱。

哭喊聲激醒了痛暈過去的大王子，他廢人般伏低在地，仰望馬上的呼延昊，悲怒嘶吼：「呼延昊！瑪塔是個善良的姑娘！你放過她！」

呼延昊殘酷地笑望他，馬鞭一指帳內，道：「我的大哥，你不覺得醒得太晚了？」

在父親面前女兒永遠是善良的桑卓女神，似在阿媽面前，他這等被人視為野狼崽子的兒子永遠是天上的太陽。

草原上的狼追逐月色，願成為天上的太陽只為照耀阿媽，那一年冬天，他的生命裡終於再無白天，十年暗無天日，今夜的血，他覺得遠遠不夠。

帳內，精兵一個一個的伏下，一個一個的起身，笑聲與哭聲摧人心肝。

少女奄奄一息時被人拖了出來，甩在了大王子身旁。

呼延昊眸中含著厭惡，嘲諷道：「這麼快就不成了，真是不中用，連個女奴都不如。」

大王子恨意如狂，那是他的妻子與女兒，部族裡除了王后外最尊貴的女子！

「這等不中用的女子連牛羊圈都不配，扔去豬圈裡吧。」呼延昊聲音頗淡，精兵得令，拖著人便走了。

狄人信奉天鷹大神，將牛羊視作上等，將豬視為下等，牛羊由部族百姓飼養，只有奴隸才與豬生活在一起。草原上的山豬頗有野性，這等奄奄一息的人丟進去，大抵要連骨頭都被啃得剩不下了。

狄人信仰天葬，死後將屍體奉獻給天鷹，天鷹便會將靈魂帶去天上，屍體被豬啃食對狄人來說不僅是莫大的侮辱，靈魂也會被留在豬的肚子裡，下一世輪迴只能做卑賤的奴隸。
大王子悲喊著以肩膀蹭在地上，艱難地爬行，雙腿在身後拖出長長的血痕。
「別急，你會和他們團聚的。」呼延昊給親兵使了個眼色，有人上前來將大王子拖去了一旁。
月色正濃，復仇之夜，才剛剛開始。
王后與二王子、三王子和四王子都被押在王帳裡，按年齡，呼延昊才是三王子，但狄人王族從不稱他為三王子。幼年時，他身分卑賤不被狄王承認，成年後身分被承認，王后與其他王子乃至王下的大臣、勇士都有意忽略了此事。
他回到了王帳，依舊過著被排擠的日子。
十年拚命，掙來了兩萬兵馬，遠遠少於其他王子麾下的勢力，他的人在王軍和其他王子眼皮子底下牽制著，不足為懼。
然而，正是這不足為懼的兩萬兵馬，今夜助他奪得了狄人部族。
「沒想到吧？我尊貴的王后，二哥，四弟，五弟。」呼延昊下馬入帳，看向帳中面色蒼白的四人，「把他們帶進來。」
一隊精兵推推擠擠地帶進來幾名少年、男孩和十幾名婦人、少女及女童，女子們都未著寸縷，唯有髮上搖搖欲墜的寶珠彰顯著她們尊貴的身分。

王后看見一名哭得梨花帶雨的少女，臉色慘白，「桑卓！」

草原五胡共同信奉的只有桑卓神山和神湖，五個部族唯有王后的女兒才能被稱為桑卓。而此刻，她與被賣的女奴沒有區別。

呼延昊望向帳外的突哈王子，笑道：「聽聞突哈王子心儀桑卓已久，今夜，她是你的女奴了。」

桑卓公主驚恐如鹿，突哈王子坐在馬上，望著她雪白的身體，腹下漸生濁氣。

「王子，不可！」蘇丹拉攔住突哈，今夜他們有王交代的軍令，不宜縱樂。

「你在外面不就好了？」突哈揮開蘇丹拉的手，外頭還有五萬勒丹精騎，蘇丹拉還在外頭守著，能出何事？在帳外瞧了這許久，他早就耐不住了，行樂過後再殺呼延昊不遲。

呼延昊將三位王子的妻女都命人帶去突哈王子面前，如同女奴般供他挑選，自己則出了帳去，望了眼草原夜色，一笑。

那笑意快意，嗜血，滿足，看得蘇丹拉深皺起眉來。

呼延昊問：「蘇丹拉將軍不進帳享受一番？勒丹助本王舉事大成，獻上部族最好的女奴是本王的心意。」

「不必。」蘇丹拉不願多言，呼延昊殘暴狡詐，他不得不多一分小心。

「是嗎？真是白費本王一番好心，原本想讓將軍像突哈王子那般，死時做個風流鬼呢。」呼延昊立在馬下笑望著蘇丹拉，語氣似與友人閒談，手起寒光，一刀斬斷了馬腿！

戰馬痛嘶，猛地撲倒在地，蘇丹拉冷不防頭朝下栽去！

頭頂忽有驚風掠！

短箭如雨，從四面八方而來，飛吟如狂，風捲王帳旌旗，箭雨射碎月光，帳中血濺成花！

突哈王子正行著事，馬嘶起時他將抬頭，身未起，一箭便穿了他的喉！血花濺起，地上躺著的桑卓公主驚恐起身，箭雨穿透她的脊背，雪白開了紅花。

王后、三位王子和十幾位王孫公主被四面八方射進王帳的短箭扎成了血人，人人直立著身子，如插滿了箭矢的草靶。

狄人部族的王室血脈頃刻覆滅，蘇丹拉肩膀綻開血花，落地時便避到倒下的戰馬腹後，目紅如血！

箭矢是從王帳四周的帳中射出的，裡面埋伏了人！

怪不得呼延昊不等勒丹軍到便下令起事，原來是抓了百姓後便令箭手藏進了四周的帳中！

他們到時狄人部族已一片大亂，百姓被呼延昊的人擒獲，所有帳子都大敞著，像是帳子空了，有誰會想到裡面藏了人？

呼延昊不僅早有布置，方才動手也是算計好的，割馬腿應是以馬嘶鳴為號放箭！

蘇丹拉抬眼掃向前方，見呼延昊砍倒自己的戰馬，一把拉了大王子來擋箭，心中不由驚懼，他把自己也置身於險地，瘋狂膽大倒也罷了，狄人部族外有五萬勒丹大軍，他不想活了？

時辰回溯半刻。

呼延昊邀請突哈王子時，王帳中的燈火照亮了他的神情，暮青在戰馬上望見，眸色微斂。

那是輕蔑的神情，將部族的公主當作女奴奉獻出來，他的內心充滿輕蔑。桑卓公主是王族血脈，突哈王子也是王族，但呼延昊並未將他們當作王族，他邀請突哈王子享用桑卓公主，是邀請他當眾伏在地上行事，像牲畜一般。

這並非邀請，而是折辱。

突哈王子急不可耐地化作一頭牲畜，呼延昊行出王帳邀請蘇丹拉。

蘇丹拉高坐戰馬之上，呼延昊在馬下仰起頭，口中說著心意，暮青卻瞧見他的下巴微沉了下。

這時候，蘇丹拉已出言拒絕，呼延昊一笑，談天般的語氣道：「是嗎？真是白費本王一番好心，原本想讓將軍像突哈王子那般，死時做個風流鬼呢。」

他說話之時，暮青眸光忽冷，向元修和月殺打了個手勢！

有險！

她手勢起落間，一聲戰馬長嘶，身後帳中有細微的機括聲隨風齊動！

元修的耳廓忽然一動，左右握住暮青和孟三的手腕，將兩人扯落馬下，自已在馬上忽的伏身！

月殺的耳力不輸元修，暮青落馬時，他從馬上一個翻身，手中彎刀橫震而出，夜色裡雪刃疾旋如盤，凌厲割破身後雪帳，鮮紅飛濺如花！

暮青在地上急滾，三兩下滾進帳中。

元修手勒馬韁，橫身急避戰馬一側，靠近帳子的那側馬腹頃刻被短箭扎成了血刺蝟！戰馬翻倒，眼看要將元修壓在身下，他一拳擊在了馬腹上！

一聲骨碎之音，馬蹄擦著地移出丈許，元修一腳踹了那戰馬，千斤重的戰馬橫掃進那邊帳中，裡頭人仰馬翻，箭斷弓折，狂風激起草屑，飛射似刀！

幾名弓手掙扎欲起，孟三一刀穿了一人喉嚨，另兩人的脖頸被人從背後劃開，頭顱一轉，連著層皮從脖子上垂拉下去，一生最後的影像是看見身後站著一勒丹兵，那人笑著，眼尾細長。

人是何時到了身後來的，誰也不知道。

這邊帳中弓手解決的一瞬，暮青從那邊帳中出來，指間寒光已不見，只見指上染血，手中提著彎刀。

五人是後來跟著勒丹軍來到王帳的，站在最後，弓手突襲時離弓手最近，本應最先被射成刺蝟，卻都毫髮無傷。
這時，前頭被召來王帳護衛的百名勒丹騎兵已幾乎死絕，這等情形下，元修五人便分外顯眼，但這時戰況已亂，蘇丹拉帶來的騎兵也死傷了大片，沒死的也都被箭雨壓制在地上，哪有人注意到身後有人站著？
「將軍怎麼知道有險的？」孟三的心還在狂跳，真是鬼門關前走了一遭。
這時並不適合細答，暮青只簡短道了聲：「處處是破綻！」
呼延昊邀請蘇丹拉時仰著頭，這本身就不對。呼延昊絕不會喜歡仰視別人，他的戰馬就在王帳外，以他的性情，應該上馬與蘇丹拉談話。
他仰頭之時下巴收了收，這也不對。仰頭時應該露出脖子，下巴微沉這動作很違和，唯一的解釋是——脖子是人最脆弱致命的部位，將致命部位暴露在人前讓呼延昊缺乏安全感，下巴微收有保護脆弱部位之意。
他既然對蘇丹拉如此戒備，那他的站位就不對了——他站在蘇丹拉的馬蹄前！人的致命部位除了脖子還有胸腹，人體的主要臟器都在胸腹處，一個連仰頭都缺乏安全感的人，會將自己胸腹的致命處暴露在一個武將的馬蹄前？
以呼延昊的狡詐，絕不會無緣無故將自己置身於險地，他此舉必有所圖！

事後證明，他站在蘇丹拉的馬前是為了抽刀斬馬蹄，不上馬是因為四面帳中有埋伏，坐在馬上會被射成刺蝟，只有站在馬下才能藉著馬屍與大王子為他擋箭。看起來他在敵人馬前的站位是最危險的，但其實以他的布置來說，那站位是最安全的。

她看出他有殺心是在他說話時，那時他有鼻翼微張的動作。人在情緒高漲或者準備採取行動時鼻孔通常會擴張，這是因為突然行動，身體動作在一瞬間爆發，需要的氧氣比平時多，鼻孔擴張可以吸入更多的氧氣。

微表情就是如此出賣人！

呼延昊自從出了王帳，動作、站位、性情、行事，處處透著股不對勁，每一處都是破綻！

孟三嘴角抽了抽，處處是破綻？

以大將軍府驗屍一事的經驗來看，英睿將軍眼中處處是破綻的事，別人大概啥也看不出。他決定就算日後回了關內也不要問了，免得問出來會覺得自己傻。

這時，王帳內外已滿地短箭，華帳千瘡百孔，月光透進去，一地破碎。

四周箭雨已疏，蘇丹拉冒險自袖口中摸出響箭，呼延昊一腳踹開大王子的屍身，將彎刀向蘇丹拉擲去！

彎刀在夜空中劃出道雪弧，眼看要一刀穿了蘇丹拉的手腕，遠處忽有另一道雪光擲來，與呼延昊的彎刀在空中相撞，火花像夜空乍亮的星火，照見遠處一名立得筆直的勒丹兵，少年相貌平平無奇，眸中卻有幾分清冷。

鏗！

金戈之音震來，彎刀落地，一支響箭射向夜空！

嗖！

嘯音直入草原上空，圍在狄人部族外的五萬勒丹鐵騎聞聲，怒聲忽起，縱馬如黑潮般湧進部族。

此時箭雨已歇，呼延昊和蘇丹拉的人從戰馬後躍起，拚殺在了一起。

呼延昊隔著混亂的兵馬望向那勒丹少年，少年已被精兵圍住，他手中沒有彎刀，卻不知何時折了短箭，箭頭刺向敵人，動作狠辣角度刁鑽，片刻間地上便倒了十來人！

呼延昊瞇起眼，這情形他極為眼熟，似乎在何處見過，但來不及細思，遠處便傳來隆隆的馬蹄聲。

蘇丹拉猙獰怒喝：「呼延昊，你忘恩負義！勒丹的五萬勇士們今夜要用你的血祭奠王子的英靈！」

呼延昊麾下只有兩萬精騎，勒丹五萬部眾等著將他碾碎成泥！

呼延昊冷笑一聲，向王帳外高喝：「傳令！王后、我敬愛的大哥、二哥、四弟、五弟已受到了天鷹大神的感召，天鷹大神將他們麾下的勇士交託給本王，不從本王者，殺！」

蘇丹拉心頭忽冷。

聽呼延昊再道：「本王麾下的勇士們，今夜起你們便是狄人部族的王軍！王軍護衛本王，其餘大軍殺了來犯的勒丹人，有二心者，殺了他們的親眷！」

蘇丹拉心頭便冷透了。

他竟忘了狄人部族還有其他大軍在！這些大軍本是王軍和其他王子的麾下精兵，他們本不可能聽命於呼延昊，但呼延昊手中捏著他們親眷的性命。

呼延昊的嫡系大軍今夜根本就不需動，他們只需捏著部族百姓的性命，便可逼著王軍和其他王子的嫡系為他效力。

此處乃狄人部族，狄人所有的兵力都在此，足有十萬之眾，此數，兩倍於勒丹大軍。

今夜怕是回不去了……

元修五人相互間看了眼，西北軍最快明早到，這五萬勒丹軍最好能撐到明早！

殺戮之夜，此時才剛剛開始。

◯

元修和暮青五人從關城潛入大漠的次日，西北軍開始對退守烏爾庫勒草原邊線的戎人、月氏、烏那的十萬聯軍進行襲擾。

三部聯軍日前一戰大敗，面對西北軍的襲擾數戰數敗，節節後退。

勒丹王一心想借呼延昊滅了狄部，令勒丹成為草原霸主，已無心此番註定叩不開的西北嘉蘭關。勒丹王不欲耗費兵力，戎人、月氏、烏那的十萬聯軍在得不到勒丹支援的情勢下，堅守了五日，終於全線撤軍，往烏爾庫勒草原深處潰散。

西北軍副將驃騎將軍魯大和左將軍王衛海率大軍直追，追趕了一天一夜，夜深時分，大軍在路上一分為二，一軍由魯大率領往狄人部族馳去，一軍由王衛海率領往勒丹馳去！

「急行軍！」魯大高喝一聲，大軍疾馳，月落草原，黑風馳捲。

此刻，西北軍離狄人部族尚有二百二十里！

此刻，桑卓神山南麓已成戰場，十數萬大軍在王帳外拚殺不開，漸殺去了南邊草原。

元修五人護衛在蘇丹拉周圍，元修在西北十年，五胡將領都見識過他的身手，為防暴露身分，只能隱藏實力，月殺同樣如此，因此五人以暮青為首向外衝殺。

暮青握著半截短箭，人群中頗為顯眼，似乎又回到了上俞村那夜，四面皆敵，只能殺出一條活路！

戰爭由不得猶豫，否則便成敵軍刀下之魂！

少年穿梭在敵軍之間，敏捷如豹。肌肉、血管、神經，沒有人比她更清楚該割哪裡，沒有多餘的動作，出手必見血，一步廢一人！

月殺緊隨暮青身側，他曾與暮青交過手，但那時縛手縛腳，兩人過招頗少，她的身手他一直了解不深，今夜才算是真正有所見識。他是殺手，她這套身手，無人比他更能一眼就看穿其精妙之處！

元修在暮青另一側，一刀砍死個狄兵，轉頭望一眼暮青，眸光亮似星河，這小子好身手！怪不得上俞村一戰僅憑四人能殺八百馬匪！身板雖單薄，勝在功法精煉！

魏卓之在隊形最後方，暮青的身手他早在數月前古水縣官道上便見過了，只是那時她尚心軟不肯殺那兩個水匪，今夜簡直一步殺一人！世事磨人，果然如此。

孟三在元修後方護著，也愈殺愈心驚，上俞村之戰死的那些馬匪，他原以為多是魯將軍和熊軍侯所殺，今夜看來，錯得離譜！

五人以暮青為尖峰，元修、月殺為左右，魏卓之與孟三為後防，豁開一條血路，踩著狄兵的屍體前行，如一柄利劍，劍鋒向著呼延昊。

呼延昊高坐戰馬之上，目光落在暮青身上，含著興奮的殺意。他在戰馬上抬手，精兵如潮般堵住那即將豁開的路。

暮青一箭刺入一名狄兵臍上六寸處，那人肝膽俱震，噴出口血來，兩眼一翻，未倒地，人已亡，她抬手要將那殘箭抽出時，忽覺手中咔嚓一碎！

暮青憑手感便知那短箭的箭身裂了，她果斷鬆手，奪了面前狄兵的彎刀，往後一刺，後頭那狄兵急退，竟避了開。

「嘖！」暮青面色一沉，果然不擅長的兵刃不成！

她在最前方，殺敵的步調一亂，陣型就得亂，因此沒有考慮的時間，她扔了手中彎刀，袖口一垂，寒光掩在指間，向那狄兵一刺，那人胸口正中一痛，頓時倒地。

呼延昊眸一瞇，前方人頭攢動，擋住了他的視線。

暮青賭的就是夜深，她動作又快，呼延昊未必能看見她手中兵刃。她一刀割斷了面前一個狄兵的腿肌，眼看著要再一次衝出人潮，呼延昊忽然策馬馳了過來！

戰馬長嘶，一聲驚了戰局。

呼延昊在屍山戰馬之上揮起彎刀，割向暮青的頭顱，元修和月殺眸光一寒，彎刀同時擲出，向著呼延昊的手腕。

暮青身子一低，避開面前馬蹄，往馬腿上一劃！

血花濺出，呼延昊一栽，彎刀擦著暮青身側劃過，元修和月殺的刀飛插進兩名狄兵胸膛，兩人赤手空拳制住身旁狄兵，奪了彎刀。

這時，呼延昊鬆了馬韁就地一滾，身子在地上滾過時瞥見了暮青指間。

薄刀！

薄且窄，古怪小巧，可藏於指間，不見人，卻可殺人！

這刀好眼熟，他見過！

呼延昊目光一變，暮青奔過來，刀欲刺下時呼延昊一腳踹來她胸前，她敏捷閃開，順勢往他腿上刺去。

鏗一聲，暮青目光一沉，鐵片？

呼延昊的護腿裡竟塞了鐵片！

暮青心一沉，一擊不成，難再有二次機會，她轉身擊殺兩人，搶過一匹無人騎乘的戰馬，對身後元修四人道：「走！」

附近有零星幾匹戰馬，元修等人砍殺開狄兵，飛身上馬，向狄人部族外疾馳而去！

蘇丹拉愣住，呼延昊奪過一馬來，大笑道：「蠢貨！勒丹的勇士成了大興人竟不知！」

呼延昊的嫡系騎兵正看守著百姓，看見有五人一路馳出來，一是分身乏術，二是沒聽見王令不敢擅動，元修和暮青五人一路暢通無阻地出了狄人部族。

「往這邊！」元修馳去前頭領路，往東邊草原而去。

呼延昊率人追了上來，不知有多少追兵，暮青只管跟著元修在草原上疾馳，她能清晰地感覺到有道目光盯著她的後背。

呼延昊緊緊盯住暮青，臉上帶著興奮的笑意——是他！

那呼查草原上與他對峙了五天五夜，以螞蟻破了他機關陣的西北軍少年！

那大將軍府中煮骨拼骨，驗屍斷案，揭他身分的少年！

除了元修，這少年是唯一打敗過他的人，每回他都敗得意想不到。若非急著出嘉蘭關，他真想好生與他玩樂一番，沒想到他竟敢來草原！

呼延昊揚鞭策馬，拉近了些距離，月殺落在暮青身後，為她斷後，元修與暮青並列而行，單手執韁，另一手往她腰身上一護，道：「腰要穩！」

暮青只覺腰間有熱浪流過，身子忽輕，戰馬嘶鳴一聲，速度忽快！

「多謝。」暮青謝了聲，便將心神全都放在了策馬奔馳上。

元修護在她腰間的手卻微微動了動，身後便是追兵，他心頭的疑惑只能暫時壓下。

五人又組成陣型，在草原上奔馳突圍。呼延昊率大軍緊咬其後，每一次拉近距離，元修總能帶著暮青再將他甩開，草原月色下，馳騁的人馬兩股黑風一般，靠近，拉開，周而復始，一個時辰奔出近百里！

人累馬乏，雙方速度都慢了下來。前方草原一望無盡，一個人影都沒，元修既然往這邊來，西北軍應是從此方向過來，一個時辰他們奔出了近百里，西北軍的行軍速度也不慢，兩相馳近，應該快遇上了！

頂多再有半時辰！

暮青揚鞭，目光如石，盡量將心神都放在策馬上，以減輕元修內力的耗損。

半刻鐘，身後呼延昊緊咬上來，暮青一夾馬腹，與呼延昊又拉開距離。

一刻鐘，呼延昊忽然慢了下來，一把奪過身旁來不及停下的小將的彎刀！

兩刻鐘，呼延昊重新咬緊上來，手中彎刀向著暮青的後背，揚刀，一擲！

前方忽有黑影出現在地平線上，馬踏如雷震，軍容似星河，黑壓壓一片，卻比那出現在地平線晨陽還令人覺得生機煥發。

「大將軍！」魯大望見元修身後，喝道：「大軍接應！」

呼延昊率軍停了下來，他只帶了五千人馬出來，而西北軍少說是他的十倍數。

「撤！」西北軍出現在此處絕不算好事，若那五人未被他識穿身分，最晚凌晨，他們會出現在狄部草原！而凌晨草原上狄軍與勒丹軍也該人乏馬累，死傷無數……

呼延昊心神一凜，面色黑沉，喊了聲撤便率軍直奔桑卓神山山口！

此處桑卓神山山勢平緩，遠望如一道小山丘，越過之後繞桑卓神湖，往前馳五十里便是塔瑪大漠。大漠上有狄人常年布置的短箭機關陣，他知道埋在何處。

元修五人等不及與西北軍會合便追了過去，戰局逆轉！

元修將手收了回來，全副心神緊追呼延昊，金烏初升之時，呼延昊率軍馳上大漠。

日色金黃長風烈，大軍如鴉，疾馳起黃沙，黃沙如狂。

暮青心知呼延昊往大漠去定有詭詐，西北軍眼看便要跟上來，深入大漠必有險，要殺呼延昊，此時是最後的時機。她策馬急追，刀尖指向呼延昊的後心。

這時，魯大喊道：「大將軍！」

一道呼嘯的風聲傳來，重如沉鐵，砸碎烈風，元修縱身而起，伸手一接。

神臂弓！

神弓如鐵，鐵箭入弦，元修人在半空，轉身間一箭馳裂蒼穹，穿雲逐日，破九天疾風，刺大漠黃沙，縱射呼延昊後心！

呼延昊策馬往旁邊一躲，那重箭擦過他身旁，狂風掃馬，炸開血花，一名小將被開了個洞，數人墜馬，被後頭馳來的戰馬踩踏成泥。

呼延昊的馬受驚，瘋了般馳了出去，他放開馬韁，縱起坐上旁邊一匹戰馬。

「大將軍！」魯大擲來三箭，元修接過，箭氣如狂，灌入內力，叱吒如雷，一箭封了呼延昊前路。

馬匹驚翻，呼延昊翻落在地，有一箭射在他腳旁，黃沙翻起如風暴，呼延昊忽覺身下一陷！

黃沙鬆軟陷人，有簌簌沙落之音傳來，呼延昊心一沉。

流沙！

元修的箭氣驚了流沙，方圓十數丈的流沙巨坑蔓延成狂，暮青腳下的馬蹄一軟，瞬間也陷入進去。

月殺飛身縱起，元修驚住時一箭射出，心神分散失了準頭，正落入那流沙坑中心，流沙再度被驚開，噬人如狂。

元修縱出，與月殺一前一後欲將暮青救起，那流沙卻忽然一沉，底下忽見一黑洞，如黑森巨口，暮青往下一落，元修和月殺也跟著墜了下去。

大興元隆十八年，十月初四夜，狄王薨於王帳，王后祕不發喪，事敗，四子奪位。

十月初五夜，勒丹五萬精騎圍襲狄部，狄三王子呼延昊挾百姓以令部族諸軍，虐殺王族血脈，射殺突哈王子，重傷勒丹第一勇士蘇丹拉，圍殺勒丹五萬大軍與狄部草原。

十月初六凌晨，西北軍突襲狄部草原，重創狄部與勒丹鐵騎，呼延昊聞風攜大軍逃入大漠。

十月初六早，西北軍與狄部精騎酣戰於塔瑪大漠，西北軍主帥、英睿中郎將與狄三王子陷入流沙坑，失蹤。

戰事奏報傳入朝堂，舉朝皆驚。

奏報雪片般飛入盛京，也落入汴河行宮龍案之上。

天未晚，宮燈已掌，玉殿秋濃。鶴燈照著一封密奏，執箋之手指尖微涼，結了霜雪。

流沙，失蹤！

男子的目光落在密奏上，只望此四字，不知多久，忽然回身，宮燭淺白，衣袂冷透。

「來人！」

殿外的宮人肩頭忽顫，陛下這些日子每逢月末總喜怒難測，上月獨在殿中許久，喚人進殿時彩娥險被杖斃，今兒倒是喚人喚得早，只不知龍顏是喜是怒？

殿門吱呀一聲開了，范通面無表情地進去，抱著拂塵，垂首不言。

陛下心情不佳，聽聲兒就知道。

「傳旨回朝，西北軍主帥元修失蹤，朕要親赴西北！」

范通眼底露出驚色，不知是驚於元修失蹤的密奏，還是驚於帝駕要去西北。

「傳李朝榮來！」步惜歡又道。

范通一聽便知聖意已決，道了聲遵旨便出了殿去。

李朝榮乃武將，羽林衛虎賁將軍，御前侍衛長，月部出身，曾是月部的首領，後被安插在朝中，拜在元家門下，明裡替元家傳遞行宮消息，暗裡乃步惜歡的少數心腹大將之一。

人來到乾方殿，殿門一關便是一個時辰，誰也不知步惜歡與他在殿中談了何話，只知一個時辰後傳了汴州刺史陳有良來，殿門一關又是一個時辰。

隨後，聖旨連夜發出，帝駕明早啟程前往西北，沿途走官道，過往州府接駕。

陳有良走後，范通進來奏道：「啟稟陛下，車馬已備，衣物在馬車裡。」

這夜，一輛馬車出了宮門直奔西門，本已關了的西門開了一縫，馬車馳出城去，車上下來兩人，棄車上馬，向著西北。

江南官道，秋月高懸，策馬疾馳的男子仰頭望一眼月色，執著馬鞭的手裡握著一張雪白信箋，信箋上清卓字跡已皺，男子卻緊緊捏著。

密報是魏卓之發來的，月殺該有的密報未到，西北軍中九道暗樁，每月密奏如雪，此次獨缺了月殺的，她陷入流沙坑之事是真的！密奏八百里加急，從西北到汴河需三日，今夜他接到密奏時，她已陷入流沙坑三日。

三日前，他剛收到她這月的信。

那日傍晚，晚霞映紅了玉殿窗臺，他在窗前打開，望了一眼，笑起。

信上五字——我很好，勿念。

很好，真是好得不能再好，她敢兩個月給他寫同樣的信！

他收著這信，本想瞧瞧她有本事給他寫幾封一樣的信，想給她攢著日後一同算帳，哪知便收到了西北的密報。

青青……

官道兩旁，密林急退，馬蹄踏起塵土，驚了夜色，一路馳遠。

第四章

大漠地宫

流沙，大自然所設的巧妙機關，暮青也未曾想到自己運氣好到能遇上。

那一刻，她腦中閃過很多念頭。

——流沙的密度，兩克每毫升，人的密度，一克每毫升。根據密度，人類身體沉沒於流沙之中不會有滅頂之災，沉到腰部就會停止。

——不要對抗流沙的剪力，陷入流沙中，最明智的做法是不要掙扎。

——想脫困，迅速躺下，減輕身體負重，手腳平放沙上以增加浮力，若周圍無人則應以慢滾方式或全身伏地緩慢爬行出來。

她周圍全是狄人兵馬，許多人在掙扎，她強迫自己冷靜下來，打算平躺，然後試著脫困。

頭頂上，月殺和元修飛縱而來，一人拉住了她的一隻手！

她的腦中又閃過一個念頭——經研究人員計算，如果以每秒鐘一公分的速度拖出受困者的一隻腳，需要約十萬牛頓的力，大約和舉起一部中型汽車的力量相等。除非有吊車幫忙，否則很難把掉進流沙的人拉出來。且照這種力量計算，如果生拉硬扯，那麼在流沙放手前，人的身體就會被強大的力量扯斷。

暮青很少黑線，這輩子第一次是看見周二蛋的身分文牒時，第二次便是此刻！

SHIT！

鬆手！你們倆！

她想開口，然而沒有時間，元修和月殺拉住她的一刻，他們一起掉了下去。

四周漆黑，只聽見人不停地往下掉，呼喊著狄話，戰馬嘶鳴，吵鬧不堪。

暮青看不清四周，但憑感覺她知道掉入了一處地下空間。好消息是暫時不會死，壞消息是頭頂不停地有流沙落下，且身下所處的還是流沙坑！

流沙陷得很快，每當有人落下，上面的流沙就會有些縫隙，光線透進來，暮青看見元修和月殺就在她身旁，孟三落的地方稍遠些。

光線微弱，暮青見月殺袖中有一絲光亮隱約纏去了遠處的柱子上。

「別動！」借力脫困是不可能的，反而會暴露月殺的身分。

他們身處一處矩形的流沙坑，大概一丈遠處有方臺，臺上立著粗柱，也有倒塌著的，很像一座大殿遺址。

「不動等死？」月殺冷然道。他們身處流沙坑，在上頭陷入的流沙只是因這處大殿塌了，至於大殿為何會塌，恐怕多半要歸功於元修含著內力的那三箭。

「她說得對，流沙陷人，不動反而陷得慢些。」元修將目光從呼延昊身上收回來，他離他們遠，暫時沒有威脅。

他只聽西北軍中的老人說過流沙，在西北十年還是頭一回遇上，眼下除了不動也不知要如何出去，他曾試著以內力推開流沙，但稍一使力，這些沙子就纏得更緊，身子也往下陷了些。

可不動也不行，頭頂時不時有人和戰馬砸落下來，身旁有狄兵在掙扎，他們即使不動也會往下陷。

「看好！」這時，暮青的聲音忽然傳來。

元修和月殺看向她時，頭頂正好有微弱的光線灑下來，兩人齊驚！

「妳瘋了？」月殺吃了一驚，抬手就要拉住暮青，身體忽然大幅下沉，很快便到了腰際！

「別動！」暮青喝道，她不讓月殺動，自己卻在動。她體輕冷靜，陷得最淺，別人巴不得像她這般陷得淺些，她卻在往沙子裡躺。

暮青躺得很慢，盡量在躺下的過程中不與流沙對抗。孟三離得稍遠些，考慮到他可能看不到，頭頂光線又時有時無，元修與月殺也未必看得清，她躺下後才道：「平躺，手腳展開，盡可能多地接觸沙子，動作要輕緩，耐心要足。」

暮青邊說邊做示範，她也是第一次嘗試，理論與實際的差距便是想要不對抗流沙的力量很難，一旦身體用力，多少都會往下陷一些。躺下的那一刻她的身體還在下陷，流沙在耳旁翻攪，滅頂所帶來的窒息感讓她很不適。

「誰都別動！」暮青不忘提醒元修和月殺，生怕兩人心驚之下出手救她。

她閉上眼，以深呼吸來緩解不適，告訴自己相信所學過的理論，反正無所作為必將被流沙吞噬，她寧願試試，成功了便能活，不成功無非是死得更快些。

當她不再深陷時，周圍的呼吸聲都靜了。

神奇之事發生了，流沙竟似放開了她，她躺在流沙之上，安然無恙！

元修和月殺本該鬆一口氣，兩人卻都忘了呼吸。

這神奇的一幕此生難忘，然而更難忘的還在後頭——暮青在沙子上滾了起來！

她翻滾得很迅速，翻過來後，立刻又將手腳展開，待沙子停住後又迅速一滾，如此數次，前頭一匹快要陷下去的戰馬擋住了她的去路，她便匍匐前行，三兩下就到了流沙坑邊緣，方臺冰冷，摸到的一瞬卻令人如此安心。

暮青一躍，跳了上去！

脫困成功！

幾個離暮青近的狄兵忘了掙扎，他們聽不懂暮青的話，但是看得見她的舉動——這個扮成勒丹兵的大興人從流沙裡出去了！

生死面前，國仇家恨且放一邊，幾個狄兵學著暮青之法便開始自救。

「試試看。」暮青對元修和月殺道：「經驗是躺下時要慢，手腳放輕緩，滾動時要快。」

元修和月殺嘗試時，暮青到了孟三身邊，遠遠問：「剛才說的，聽見了嗎？」

孟三背對著暮青，咧嘴一笑，「聽見了！將軍真了不起！今兒要能上去，俺欠將軍一條命！」

「你先上來再說。」暮青道。

要上來沒那麼容易，不克服心理恐懼，躺下之後只會死得更快。瞧瞧那些狄兵就知道了，他們在躺下後感覺流沙在吞噬自己，頓時驚恐地想要起來，結果很快被流沙吞噬了頭臉，悶死在了沙裡。

恐懼在黑暗中蔓延如瘟疫，身邊的生命一個接一個被無情吞噬，自己卻還要緩緩往那流沙裡躺，能從流沙裡脫困的人都是心智強大之人。

元修躺下後往石臺邊上滾，到處是死人和戰馬，他只能從中穿過，動作愈多，危險愈大，他卻敏捷沉穩，暮青只示範了一次，且是在光線黑暗的情況下，他竟像是不只一次在流沙裡爬過，眼看著便要到石臺邊上，身後有名狄兵的手忽然一抓！

那狄兵半隻腦袋露在流沙外，睜著眼死死盯著元修，手正勾著元修的戰靴，流沙已沒過了他的口鼻，人應該死了才是！

詐屍？

「後退！」暮青道。

那是屍首抽搐，人死後肢體仍存有的少許動作，那手勾住了元修的戰靴，他是進不得的，只能求退，把靴子自那死人手中讓出來。

元修立刻便懂了，往後退了一步，輕輕將腿往後一讓，戰靴便從那死屍手中退了出來。他避開那死屍，再次到了石臺邊，按住石臺往上一縱便躍了上來！

「我欠你一條命！」元修笑著便要去拍暮青的肩膀，暮青眸光一冷。殿中光線黑暗，但元修就是感覺到被人瞪了，頓時收手一笑。

差點忘了，這小子屬毛蟲的！

月殺和孟三先後上來，魏卓之沒下來，西北軍中掉下來的只元修、暮青、月殺和孟三四人，如今四人都好好的，沒什麼比這更慶幸的了。

沙坑裡的狄兵沒有一人上來，除了呼延昊。

呼延昊會說大興話，自然聽得懂暮青的話，暮青本是救同伴，最後竟叫他也跟著脫了困。

「英睿將軍，多謝！」呼延昊立在流沙坑對面，對暮青一笑，露出森森白牙。

她救了他一命，他該如何待她呢？

呼延昊邊想邊掏出只火摺子，舉著四處瞧了瞧，在一根殿柱上找到了燈盞，盞中膏油尚存，燈火一亮，照了丈許。

那燈盞以銅為座，鑲在柱上，錯落有致，隱約可見有九連枝。呼延昊將九連枝燈都點了，殿中頓見三丈光明，三丈開外，左右各有一柱，同樣鑲著九連枝銅燈，呼延昊走過去一一點了。

他孤身一人，對面卻有四個敵國將領，他還有心情一個個地點燈。孟三道：「他倒不怕我們殺過去！」

「變態的心思你別猜。」暮青藉著燈光掃了眼大殿。

孟三也將這邊殿柱上的九連枝燈給點了，只是沒耐心都點完，隨便點了幾盞，瞧得清楚便收了火摺子。

只見大殿華闊，共立九柱，一側四柱，還有一柱立在流沙坑前方。那流沙坑將大殿分作兩半，坑寬數丈，裡面滿是狄兵和戰馬的屍首。

黃沙還在往下落，卻已不見人馬再掉下來。上頭馬踏如歌，刀擊喊殺如狂，西北軍正在與狄軍拚殺，隱約能聽見魯大的怒吼聲。

呼延昊只率了五千兵馬馳進大漠，面對憤怒的西北軍五萬兵馬，那些狄兵的下場可想而知，呼延昊卻不在乎，嘆道：「暹蘭帝國。」

暹蘭帝國？

暮青面露疑色。

孟三見了哈哈一笑，「英睿將軍也有不知道的事！俺差點以為將軍是神人，啥都懂！」

元修踹了他一腳，對暮青道：「千年前的古國，相傳在塔瑪大漠深處，曾一度輝煌，最終因克拉瑪河水乾涸和黑風暴而覆滅。傳聞，暹蘭國古城就埋在塔瑪大漠某處的黃沙之下，千年來引為傳說，未曾想是真的！只不過，我們所見的這處古殿瞧著不像古城，倒像是地宮。」

暮青也覺得此處古殿雖似遺跡，但顯然不是城鎮，更像是帝王所居的華殿。不過，沒聽說過帝王所居的大殿中挖流沙坑的，且這大殿九柱立得頗為古怪，竟有一柱立在流沙坑前方，怎麼看這裡都不像是給人住的，倒像是給死人住的。

古殿，倒不如說是古墓。

「古墓才好。」呼延昊一笑，「聽聞暹蘭帝國富庶，遍地黃金。暹蘭大帝將一批黃金和神甲藏於地宮深處，神甲刀兵不入，黃金之豐足以建立一國。」

呼延昊野心勃勃，區區草原一部的王並不在他心裡，他想統一草原，建國稱帝，也做那開國大帝。

孟三撇嘴道：「作你的夢！還黃金神甲，你怎麼知道這鬼地方是暹蘭大帝的墓？搞不好是你爹的墓！」

「他也配？」呼延昊哼了聲，嗜血森然。

「此殿應與暹蘭國有關，瞧瞧這九枝銅燈，形如繁樹，枝上飾有白鶴、鸚鵡、頑猴。暹蘭古國建在大漠，國人喜愛綠洲之物，這殿中柱上所雕、燈上所飾，哪一樣都非大漠之物，你們不覺得這就是暹蘭古國？」說起暹蘭帝國來，呼延昊的臉色又陰轉晴，問暮青：「英睿將軍以為呢？」

暮青無視呼延昊，對元修道：「殿前殿後都有門，應該有開啟之法，不過最好不要，看看流沙坑就知道了，在這地宮裡找尋出路定然有險，不如等上頭黃沙流盡。」

這大殿上方是被元修三箭射塌的，本非流沙，只是沙丘上的沙子往下落而已。既然如此，總有落盡之時。

魯大還率西北軍在拚殺，不時聽見他往沙中喊叫，四人卻都沒回應他。以魯大的性子，若知四人在底下好好的，非跳下來不可，西北軍主帥已失，副將不可再失，否則五萬大軍在大漠中危矣。

「好，等！」元修頷首，望向呼延昊，「不過，只這麼等也挺無聊！不知呼延王子有沒有興趣打一架？我倒是很有興趣把呼延王子留在這裡！」

方才他出於好奇，想要瞧瞧這殿究竟是何面貌，於是便未阻止呼延昊。現在管他是不是暹蘭大帝的陵寢，呼延昊和他的野心都要留在這裡！

呼延昊眸中笑意漸冷，從流沙坑邊上拾了把彎刀出來，道：「本王也有興趣知道，元大將軍覺得那烤羊排的滋味如何？」

元修聞言，腳尖平地一點，縱如疾電，頭頂沙塵如幕，男子手無兵刃，一拳砸開那塵幕，拳風如雷震，風蕩如狂，嗡一聲，震人耳膜！

暮青面色微沉，拳風再烈，怎會有金鼓般的嗡鳴之音？

元修耳廓微動，人在半空順著大殿一掃，忽喝：「趴下！」

幾乎同時，月殺抬手將暮青按在了地上，孟三動作慢了些，趴下之時，有箭矢從他頭頂擦過，幸虧他是勒丹兵的打扮，未束髮髻，不然頭髮都能被削了去！

三人趴在地上難以抬頭，只覺箭雨壓人，擦著頭頂來去如狂，過流沙坑時帶起的沙塵撲面，嗆人屏息。

有機關！

殿內已有道流沙坑，眾人都沒想到還有！

暮青忽喊：「九枝銅燈！」

元修在對面趴著，也知是這九枝銅燈惹的禍，他們從流沙坑裡出來後什麼也沒做，除了點亮了九枝銅燈！大抵是這舉動觸發了機關，但觸發機制為何，如何叫這機關停住卻不甚明瞭。

頭頂射來的是箭矢，既然是箭矢，自然有射完之時，等待便好。

這念頭剛生出，便聽暮青在對面喊：「燈！想辦法都點燃！」

元修不明何意，暮青卻沒時間多解釋。方才看見這大殿時她就覺得殿柱古怪，有一根竟在流沙坑前方，呼延昊點燈時，她心頭也有些古怪之感，只是一時串聯不起來，如今總算知道古怪感在何處了。

燈！

燈太多了！

此殿若為帝王陵寢，九柱九燈，規格很合理，但對盜墓賊或者他們這等不慎闖入的人來說，燈太多了些。

暮青記得呼延昊去點對面銅燈之時，她心中有些不耐，當時想著，只不過是為了看清殿中情形，何需將燈都點燃？呼延昊根本是在浪費時辰！此刻想來，她的心態應該也是大多數進入陵寢之人的心態。

呼延昊有一統草原建國稱帝的野心，他對暹蘭大帝有欣賞的情懷，意外進入此殿，他懷著感嘆的心情去欣賞暹蘭大帝的陵寢，就像欣賞他死後的陵寢，因此他有耐心點燃一個個燈燭，但絕大多數人不會有此耐心。

這殿中九柱，每柱鑲一盞九枝連燈，共八十一盞。

莫說都點了，就算只點一側，許多人也沒這耐心。如同孟三，他方才點燈時就隨便點了幾個。

設計這殿中機關之人定是猜度人心的高手，因此才把觸發機關的消息設在了燈燭上。

他想必也想到了會出現呼延昊這等有耐心之人，以防萬一，他在大殿中間設了第九柱，那殿柱就在流沙坑前，一旦有人過去點燈，便會觸發機關，落入流沙坑。

此人乃機關消息的高手，方方面面都算計到了，可他們幾人卻沒有死——他們趴在地上，躲著箭雨。

暮青不認為那設計機關者會遺漏這個死角，這殿裡的機關一定還有更厲害的！

一定要破了機關，不然接下來，他們可能不會有這麼好的運氣了。

「還有機關！」暮青喊道。

來不及解釋了！箭矢乃消耗性機關，殿牆的機關道裡填充的箭矢必有定數，箭矢耗盡之時便是下一輪機關開啟之時！

流矢如蝗，元修被壓制在地，眉宇沉如鐵石！

還有機關？

他伏在地上不動，聽矢槽磨送，聽機括撞發，聽箭雨馳狂，狂風馳過背脊，掠過後頸，掃過額髮，捲起沙塵風快射向對面，他忽縱而起！

那小子說還有機關，那便有！

胡袍揮展，男子翻若鷂鷹，空中捲了箭矢，劈里啪啦向後一砸，順道砸向呼延昊！呼延昊聞聲急滾向後，靠上殿柱，腳往地上一蹬，也鷂躍而起，墨袍一舞捲了箭矢，在如風般的箭雨裡砸向元修！

正逢壁上箭矢攢射，兩相一撞，箭矢簌簌落入流沙坑中。元修大笑一聲，道聲多謝，手中星火微露，攬上那流沙坑前的殿柱，往九枝銅燈上倏倏急點！

三盞火苗燃起，身後箭雨又至，元修足尖疾點殿柱，飛退時胡袍捲了箭矢揮砸向四周。

四周箭矢落入流沙坑中時，他落到流沙坑裡半栽著的馬匹屍身上，那馬匹往下一沉，他已飛起，衝向那殿柱，再點！

箭矢如蝗，男子在萬箭中執著火摺子，如執長劍，劈斬荊棘，力破山河！

此時，地上又一道人影飛起！

月殺縱起，僅靠元修一人來不及，他只得暫時從暮青身旁離開，負責這邊四根殿柱上未點燃的燈燭。

呼延昊倚著殿柱而立，殿牆上的箭矢從他兩側疾射向對面，他背後有殿柱擋著，暫且無憂，對面卻有飛矢射來。他只好也以袍為盾，掃開利箭，奔向那倒塌的殿柱。

無論暮青說得對不對，此時都不能賭，只能按她說的做！

生死關頭，三人藉著箭矢推發的間隙行動，以袍為盾，殿中來去如風的箭雨被三人打亂，黑風暴雨，混亂無章。

一支箭矢本要射向元修，箭身被撞來的流矢一打，掉頭射向暮青！

暮青被壓在地上起身不得，見那箭矢縱射過她的頭頂，衣袍被那利風刺得貼緊脊背，電光石火間，她知道那流箭會扎向她的腰背！

暮青就地一滾！

一滾間，見那箭頭鋒銳刺目，扎向她的左腹！她抿著脣，目光堅如鐵石，無驚無懼——這是她的選擇，如果必會中箭，腰背和腹部，她選後者。

腰背中箭，恐會傷到脊椎，其結果可能會致殘癱瘓，有性命之憂。但腹部中箭，傷勢會輕許多。

這一刻格外的長，等待的血花如期而至，那血花卻從她頭頂落下。

暮青睜著眼，忽愣。

頭頂有人馳來，伸手挽那流矢，勢如電掣，萬箭之中橫取一支，英姿若驚鴻，拳風如震山河，握！

那箭咔嚓一碎，箭頭迸射，箭身散如齏粉，那人隨箭翎落下，背對她，橫臂一震，血灑一地，那人卻哈哈笑一聲，回身道：「真有你的！這機關還真破了！」

機關破了，在方才那生死一刻的險時，月殺見元修飛身去救暮青，果斷先點了遠處殿柱上那最後一燭。

呼延昊在對面也點亮了那倒塌的柱上的九枝銅燈，最後一撥箭矢射出，矢槽的填充聲止住。

機關，停了！

殿中死寂，彷彿方才的過耳箭嘯只是幻聽，唯有一地狼藉提醒著眾人方才之險的真實。

呼延昊從對面望過來，孟三從地上爬起來，月殺自遠處走來，元修回身，四人皆望暮青。

又被她說中了！

她怎知還有機關，又怎知點亮殿中所有燈燭便能破此機關？

暮青望著元修前臂和大腿上扎著的三支長箭，唇緊抿著。

元修一笑，「死不成！放心！」

死不成，但若處理不好，後患頗重。

古代戰場，箭傷比刀傷難癒，皆因箭傷筋傷骨，致殘率極高。

暮青走去元修身邊，用解剖刀在那三箭的箭頭、箭尾處一劃，折斷扔開。

元修笑了笑，「就這樣吧！待出去了再說，眼下沒帶傷藥。」

他掃了眼大殿上方，黃沙還在落，看樣子等上頭沙子流空還得些時辰，既然一時半刻出不去，這箭拔出來，血會流得更多。

「你以為我們能從上頭出去？」暮青撕了元修前臂上的衣袖，見兩箭射在前臂上，一箭射得偏，沒傷到骨頭，另一箭射入點偏，像是從尺骨和橈骨中間穿過去了。

沒傷到骨頭，這也算是好運了。

「此話何意？」元修一愣，他現在有點怕她說話，她說的話就沒錯過。

「機關還有後手。」暮青蹲下身，一刀劃開元修的長褲，察看他腿上的箭傷。

月殺眉頭一跳，元修感覺大腿上一涼，尷尬地往後一退。

「很好。」暮青涼涼地看了元修一眼，「還能行動自如，不是大將軍的忍耐力太好，便是沒傷到骨頭。」

元修尷尬更甚，岔開話題問：「還有後手？」

「有，你們聞見什麼了嗎？」暮青掃了眼大殿四周，這才看到機關的全貌。

那機關箭設在大殿兩側的整面牆壁上，箭孔密如蜂巢，裡面箭槽已空。

殿內的空氣裡有一種淡淡的古怪氣息，暮青嗅覺靈敏，四下裡一掃，忽見殿牆貼近地面之處似有些油亮之物，面色忽然一沉，「火油！」

元修皺了眉頭，確是火油！

胡人攻城常用火油，關牆早被燒黑了多年，火油的氣味他熟得很，只是方才身在萬箭中，自保、救人、點燭，已耗盡了全副心神，沒注意牆下竟有火油流了出來！

那火油量並不多，想來是因他們及時破了機關的原因。

「差一點兒咱們就被燒死了！真叫英睿將軍說對了，機關箭射完了，還會有機關等著咱們！」孟三驚道。

元修望向暮青，今兒不知被她救了幾回。

「既然有火油，何必又是流沙又是箭，火油一出，咱們都得死。」月殺頗為不解。

「很好理解。因為不到萬不得已，沒人願意燒自己的陵寢。同樣的道理，沒人願意歡迎自己的陵寢裡有客人。」

「這設置機關消息的人是算計人心的高手，他的機關箭是為我們這等沒有耐心點燃所有燈燭的人準備的，流沙坑是為呼延王子這等有耐心的人準備的，火油是為在機關箭死角中活下來的人準備的。方方面面都考慮到了，我相信他能考慮到我們這等情形。」

「你們覺得，這陵寢的主人會歡迎破陣之人打擾他的安眠嗎？」暮青問。

元修三人的面色都沉了下來，普通百姓都忌諱挖墳掘墓，莫說帝王了。

還以為破了機關便再無危險，如此說來，更大的危險還在後頭！

暮青也不知接下來的機關是怎樣的，只知道不會這麼容易就結束，可元修的傷需要立刻處理，這處大殿顯然不是處理傷勢的好地方。

如何做？

如何在下一輪機關中活下來，又不叫他的傷情惡化？

暮青正思索，忽覺腳下有隆隆之音！

幾人面色一變，低頭望去，只見流沙坑兩旁有地面緩緩推出來，正將流沙坑緩緩遮上。

與此同時的是，大殿裡面的牆壁忽然開啟，兩條通道出現在了眾人面前。

暮青想過的機關有很多種，但沒有想到會出現兩條路。

兩條路狹窄幽長，殿中燈燭之光難照到盡頭。

一條甬道白玉鋪路，壁上隱見華美青雕，兩旁兵俑、仕女、百官在列。

一條甬道屍骨鋪路，整整齊齊躺著死屍，皆未穿衣，已化作森森白骨。

玉雕路在呼延昊那邊，屍骨路暮青四人這邊，流沙坑已填，那些掙扎過的生命被青磚遮蓋，埋於這大漠地宮千年王城。許有一日，風沙吹盡，王城倒塌，抑或再有人進入地宮，這些曾經被掩埋的生命才可重見天日。

而此刻，還活著的人們面臨選擇。

可沒人選擇，沙坑沒了，敵人就在面前，顯然該先殺敵。

暮青將刀刃指向呼延昊，青州山林裡開膛破肚的新兵，呼查草原少年被射穿的腿腳，大將軍府棺中殘缺不全的英雄骨，她與他沒有個人恩怨，但他是這世上除了殺爹的元凶外，她唯一想殺的人。

她刀指呼延昊，呼延昊也望著她，男子的眉眼似狄人，眸深邃暗青，青銅燈臺幽幽，那眸望著人，好似在茫茫大漠裡忽見綠洲。他的膚色似勒丹人的麥棕，襯著那眉眼，狂野煞人。

暮青知道，那綠洲不過是誘人步入死亡的海市蜃樓，大漠蒼狼，狡詐殘忍，殺戮才是他的本性。

英俊的變態，依舊是變態。

「英睿將軍要殺本王？」呼延昊望著暮青的刀尖，如好友般對她露出笑容。

「拖延時間沒用，你留在這裡，日後才會少死些人。」暮青抬腳勾起支長箭，伸手一握，向呼延昊射去！

呼延昊輕易躲過，見暮青親自衝了過來，笑意微深。

「來幫忙！」暮青對月殺和孟三道：「小心別被他挾持！」

「嘖！」呼延昊語氣讚嘆：「你為何要如此聰明呢？」

那兩條甬道鋪滿屍骨的看起來殺機重重，但那條白玉路莊嚴乾淨，看起來更可疑。這地宮機關花樣如此多，很難猜測陵墓主人的用意，也很難放心地選擇任何一條路。

她如此聰慧，他很想知道她會選擇哪一條，若和她一起走，一定安全得多。

他不喜歡想殺他的人，但看見她要殺他，他忽然很開心，自從呼查草原起，他就很想抓住她了。

可是，她為何要如此聰明？連他的用意都看得透。

暮青的身手刁鑽古怪，但不懂內力，要抓她對呼延昊來說不難，可月殺很難纏。孟三的身手雖不如月殺，抓住他便可讓暮青就範，但因她提前警示過，他們都小心得很。

四人酣戰，呼延昊眸中漸生戾氣。

戰況正烈，元修本盯著呼延昊，目光掃見四人身後時，面色忽變，喝道：

「回來！」

一聲喝出，暮青已聞見火油的氣味，這氣味比方才那牆縫裡濃烈得多，趁月殺和孟三纏住呼延昊之時，暮青抬眸一望殿牆，眸光頓寒！

殿牆之上，機關箭矢的矢槽裡正湧出火油，整座大殿的殿牆都被燭光照得油亮，連殿柱頂端也現出槽孔，火油正順著殿柱流出，下方三尺處便是九枝銅燈！

沒有人會願意燒自己的陵寢，但那設計機關的人竟如此決絕，他為破解機關之人設了一道選擇題，並以燒殿逼他們做出選擇。先前的時間或許是他留給他們的選擇時間，也或許是他不容許有人不按他的步調走。因此一段時間過後，如果大殿的門沒有關上，這座大殿便會被燒毀。

這座陵寢的主人不知是否是暹蘭大帝，若真的是，此人真不愧為一代開國帝君。

這時，呼延昊也看見了對面殿牆上淌下來的火油，殿柱頂上的火油就快淌到銅燈處，沒有時間了！

「回來！」元修又喊，如果一定要選，他選擇這條白骨路。

暮青卻沒有回來，她刺向呼延昊，虛晃一招，轉身往那條白玉路上奔，喊道：「這邊！」

元修不知暮青為何選那條路，但她的選擇從未錯過，幾乎沒有考慮，他朝那條路上奔了過去。

月殺與呼延昊纏鬥正酣，孟三尋機退出，想護衛元修進那條甬道。他轉身之時，呼延昊腳下勾起一箭，手中一撈，抬手向暮青後背射了過去！月殺為護暮青，追著那箭而去。他一離開，呼延昊抬手便去抓孟三，月殺餘光掃見，半空中飛出一刀，打偏那射向暮青的箭矢，回身去救孟三。

這煩人的小子死不死他無所謂，但他如果被呼延昊抓著，那女人一定會拿自己當作交換！

呼延昊的目標是她，救這小子就是救她！

頭頂冷風呼嘯，月殺未到，內勁已至，呼延昊剛抓著孟三的衣領，見月殺逼來，忽地放手！原地詭異地一轉，退向暮青的方向！

這時，月殺見孟三脫險，手中內勁已收，身子正從半空落下，其勢已去，眼睜睜看著呼延昊從他身邊馳向暮青，心中頓寒。

中計了！

呼延昊抓孟三，讓他誤以為他想藉孟三要脅暮青，實是為了擺脫他的纏鬥——他想要暮青，不想讓他礙事。

此人果然狡詐！

月殺怒急，落地轉身，卻為時已晚，暮青正奔進甬道，元修離得遠，人還未到，呼延昊已先一步逼近了那條白玉甬道！

「周二蛋！」元修亦急，不顧箭傷在身，拳風烈如雷震，一拳砸向呼延昊後心！

呼延昊已在甬道門口，對暮青露出白牙，語氣溫柔地打招呼：「抓到你了。本王說過，早晚你是本王的，英睿將軍。」

話音落，暮青忽然伸手，一把抓住呼延昊的衣領，拽著他猛地往甬道裡一扯！

「抓住你了，呼延王子。」暮青眸光忽明，手中刀光忽盛，刺向呼延昊的咽喉！

呼延昊眸底湧起驚色，他料到了她會出手，但他以為她會出手逼他不得進入甬道，卻未想到她會出手將他拉進來。

呼延昊向後一仰，那刀在他脖頸處淺淺劃過，血線起，暮青嘖了一聲，淺了！

血腥氣散在狹長的甬道裡，呼延昊一掌擊向暮青胸口，暮青拉住呼延昊的勁力未去，借力將他往甬道裡一甩，倏地鬆手，從甬道裡退了出去！

殿柱上的火油已流到銅燈處，火苗呼地竄起，與此同時，殿中聽見石門緩緩緩落下的聲音。

「快！那邊！」暮青對趕到的元修、月殺和孟三道一聲，一指那條鋪滿屍骨的道路。

三人皆驚，心頭隱約明白來這邊只是暮青為了將呼延昊引進來的一計，但生死一刻，誰也沒時間問，月殺帶起暮青，元修不顧箭傷帶起孟三，兩人運起輕功疾馳向那門，在門落到一半時，馳縱了進去。

白玉甬道裡，呼延昊望著石門緩緩落下，他沒有追出去。因為就算出去，元修四人聯手，他也沒有機會進那條白骨路，假如進不去再返回，這條白玉路的門也可能關上了，到時他只能燒死在大殿裡。

她選擇了那條道路，即是說，這條引他進來的路可能殺機重重。

男子望著那緩緩落下的門，門外火光已起，照亮甬道的光被落下的門擠壓得愈來愈少，終於將他關入了黑暗。

門縫裡尚有一線光亮之時，男子的嘴角淡淡牽起，笑意被腳下的火光映得忽明忽暗，落寞孤寂。

隨後，他轉過身，毫不在乎地獨自走進黑暗裡。

那邊的石門同樣落下，四周黑暗，腳下白骨被踩斷的脆響聽著嚇人。

「摸黑走？」元修的聲音傳來。

「點火吧。這地宮的主人喜歡試煉人，花樣百出，前方大殿已經有火攻了，我想他不會重複，那會顯得他技窮了。點火吧，就算有花樣也不會跟火有關。」暮青道。

元修和孟三拿出火摺子點亮了兩側的牆壁上的燈盞，甬道裡頓時亮了起來。

「看看裡面。」元修道。

「看什麼？」暮青看向他，「你的傷要處理，先處理完你的傷再說。」

那三箭只斷了頭尾，箭身還留在元修身體裡，他們不知還要在這地宮中摸索多久，元修的傷等不到回西北再處置。

此事誰都明白，只是未帶傷藥，拔箭出血會很棘手。

「我不會讓你出很多血。」暮青道，她已看過元修的傷，傷在何處她心中有數。她雖不是外科醫生，沒做過手術，但是骨骼、肌肉、血管、神經，她比軍中醫帳的郎中都了解這些。

「好！」元修一笑，她說的，他信！

孟三將地上屍骨搬去角落，騰出地方讓元修倚著牆坐下，暮青將解剖刀全數解了下來。

元修知道暮青袖中藏著刀，但未見過全貌，如今一瞧，這套小刀竟有七把，刀頭有圓有尖，有寬有窄，頗為精緻。他想起這刀殺人的鋒利，不由讚道：「哪兒打的？倒是好用！」

「尋老鐵匠打的。」當年畫圖打這套刀時，爹尋了他鐵匠鋪的老友，文老在江南一帶的鐵匠中頗有名氣，江南水師都督何善其的佩劍都出自他手。文老見她所畫的圖紙新奇，分文未收，以打造佩劍的下腳料替她打造了這一套解剖刀，後來這套刀在江南仵作一行中傳了開，也有人去鐵匠鋪裡打，卻少有她手中這上等材質的。

「取盞燈來，近處照著。」暮青將元修左上臂的袖子撕了下來。

孟三取過燈來，月殺在一旁守著，警覺地注意著甬道裡，防備突然出現的殺招。

元修手臂上的傷口已經紅腫，暮青取了把尖頭的刀來在火上烤了烤，道：「沒有麻散，忍著。」

元修一笑，把手臂伸給她，肉都割下來過，還怕這點疼？

「為何選這條路？」元修問。

這條路也是他當時想選的。

這地宮若真是暹蘭大帝的陵寢，那兩條路恐有深刻的寓意。白玉為路，青雕為牆，兵俑百官列道，頗似帝王規格，走上那條甬道便似帝王駕臨，前方是那金殿御座。但自古帝王御座皆是屍山填做海，因此才有這條白骨路。

帝王之路，這大抵是暹蘭大帝給進入他陵寢之人的思考。

他選屍路是因他不覺得那帝王御座有何可坐，他不願踏上那條路，百官，金殿，天下，不過大夢一場。他寧走這屍路，男兒當殺敵頭，飲敵血，醉臥沙場，馬革裹屍青山葬！便是葬了大漠，成了荒魂，也要守望關山，不負一身兒郎豪情！

他的心思只如此，不知她選此路是為何？可是也看出了此陵墓主人的用意？

暮青執著刀，選定了下刀處，眼也沒抬，道：「哦，這裡有白骨，千年前的，還沒有衣物，研究好方便。」

元修眉頭一抖。

月殺轉過頭來。

孟三手裡的油燈一晃，油險些灑出來！

她就是因為這等理由把他們拖進了這條路？

孟三說不出話來，他覺得好危險，他們沒一踏進這裡便被機關殺掉真的太幸運！

月殺轉頭盯住甬道深處，倍加警覺！

暮青抬眸看了眼孟三手裡的油燈，孟三趕緊拿穩，她這才低頭道：「開玩笑的。」

孟三：「……」

月殺：「……」

不好笑！

元修哭笑不得，手臂忽然一痛，看去時見暮青已在他傷口處開了一刀，那刀頗深，但奇怪地沒出多少血。刀刃鋒利，割人不疼，但也不可能一點兒不疼，元修忽有所感。

這小子該不是怕他疼，故意說笑話聽的吧？

元修不覺笑容微暖，這小子看著孤僻冷硬，其實是個心細重情的好兒郎。

「既是開玩笑的，那說說看，為何選這條路？」元修問。

暮青將箭身和紅腫的皮肉分開，往外拔箭前先檢查了底下箭斷處是否平滑，免得劃破血管。見無妨後，她開始往外拔，邊拔邊道：「這些屍骨未穿衣袍，目測骨骼完整，未見骨折。屍骨擺放整齊，顯然是死後被擺放好的。甬道裡無箭矢、巨石等物散落，牆壁上未見箭孔、裂痕和其他機關留下來的痕跡，也未見補過的痕跡。人若是在這裡面死的，可以排除箭矢、巨石以及會在地面和牆壁上留下痕跡的機關。當然，人也有可能是死在外頭，死後再被搬進來的。但即便如此，也可以排除會留下痕跡的機關。」

「我之前說過，這地宮的機關設計者花樣百出，前頭有箭矢機關了，這裡不太可能再有。也不可能是殺人不留痕的機關，這地宮主人好不容易遇上能破解機關的人，不惜燒掉前殿也要逼我們進來，早早殺掉我們不是太沒意思？沒人去參觀一下後面的機關，他會很寂寞的。」

暮青現在對這陵墓的主人的看法改變了，他寧願燒掉大殿也要逼他們進來後面一遊，或許他很寂寞，想要尋高手破解他的機關，抑或者他有別的用意，但需通過他的層層試煉。

不論是哪種，如今他們不過是在過第二關，機關的難度不會高到秒殺他們。

「這條路上至少有可供我們判斷的屍體，那條路上太乾淨，未知性太大。當然，那些兵俑百官或者青雕上許有可供推斷機關之處，但我們當時在殿外，不能進去查看，我一眼看不出什麼訊息，這條路上能看出的訊息多，就選這條了。」

說話間，暮青已幫元修取出一箭，箭取出的一刻，血湧出來，孟三從機關分析的讚嘆中回過神來，趕緊脫了胡袍，要幫元修捂住傷口。

「手臂抬高。」暮青對元修道，看了眼孟三手裡袍子道：「撕成布條。」

血液並非噴射而出，雖然鮮紅，但是從整個傷面滲出來的，沒有傷到動靜脈。

元修依言將手臂抬高，血還在流，但並不多。暮青拿過一根布條來，幫元修將傷口外的血擦了擦，然後從懷中拿出了止血膏來。

月殺在一旁見了，面色一變！

元修和孟三都愣了愣，沒想到她身上會帶著傷藥。那傷藥一打開，芳香襲人，元修眉頭頓蹙，眸光似被燈燭點亮，剎那逼人！他伸手將那藥膏奪過，細一聞，驚詫轉作懷疑，目光似沉鐵，千斤般壓人，問：「哪來的？」

此乃三花止血膏，乃屬國南圖邊關往南的圖鄂一族所製。此族神祕，止血膏中只有三味藥，卻都採自圖鄂深處，千金難求，宮裡也未必有。此乃止血聖藥，於軍中來說乃救命之藥！元家有一瓶，早年被他拿到軍中給了吳老。吳老如獲至寶，軍職為將者重傷難以續命時才動此藥，他只用過一回，便是那年大漠中割肉激勵軍心之時。

他給吳老那瓶三花止血膏多年都未曾用盡，可見此藥珍貴，她從軍前乃仵作，此藥從何而來？

他一直覺得這小子太聰明，驗屍時有些話聽著不似本朝之言，但因他為人不錯，軍功也實在，他將她當作人才，便一直不願多想。可她手中有三花止血膏，不得不讓他懷疑她的身分。

暮青從元修手中將藥膏拿了回來，沾了藥膏抹去他傷口上，道：「公子魏那裡贏來的。」

魏卓之？

「我和魯將軍賭過三千兩銀子，那賭坊便是公子魏的，後來我又去了一趟，賭坊中人將我認了出來，公子魏恰在，我便與他賭了一局。」

元修想起魯大確實說過這小子賭技頗高，曾在汴河城的賭坊贏過他三千兩銀子。此事確有，只是魏卓之……魏家乃江南巨賈，與江南士族門閥有著錯綜複雜的利益牽連，魏卓之是江湖人，在江湖中地位頗高，他與圖鄂族人相識，手中有此江湖聖藥倒有可能。

只是……

「既相識，那日書房中何故裝作不識？」

「賭過一局，不算相識，與末將相識之人不多。」暮青幫元修擦好藥膏，用布條幫他包紮好，拿起刀來接著處理另一處箭傷。

這話雖聽是歪理，元修倒有些信，她性情本就有些古怪，不喜之事便直言孤僻，那在她眼裡不熟悉就不算相識也說得過去。

「你當初為何要跟魯大賭那三千兩銀子？」元修又問。

暮青拔箭的手微頓，傷口鑽心的痛，元修卻眉頭都沒皺，只盯住暮青。油燈的火苗映著她的眉眼，她將箭取出放去一邊時臉龐微轉，眉眼間似有隱忍的傷痛。

「家事。」

「三千兩不夠處理家事？之後又為何去賭坊，魏卓之何故拿此藥來作賭？」她乃仵作出身，家中定然清貧，百姓之家非王侯之家，家事用不得那許多銀兩，三千兩按說足夠了，為何還要再去賭坊？

暮青確實再去過賭坊，那三千兩為爹置辦了棺槨喪葬之事，又給了義莊守門的老者一些，身上沒剩下多少。後來去美人司，為過驗身一關，她又去了趟賭坊，只是沒去公子魏的春秋賭坊，而且她重新易容過，因此那次去賭坊並未被人認出。

她不願騙人，但若不如此，難以解釋止血膏之事。元修的箭傷並未嚴重到需止血膏救命，但她難以說服自己有藥不用，他的傷是為救她而受，那一刻他不惜性命，這一刻她懷中有藥，如何能說服自己不用？

箭傷若處置不妥極易落殘，她實不願見他一身英雄志，從此歸故里。且這大漠地宮機關深詭，前路不知還有何險，這傷還有折騰之時，她若有藥卻藏著，難過心中那關。

但此藥一拿出來，元修定起疑，步惜歡不能暴露，她只能拿魏卓之擋一擋，他是江湖人，此事說得過去，且他還算機靈，元修若問起他，他應能應付。

暮青將傷口塗上藥膏，抬眸看了元修一眼，冷道：「銀子多，閒的。」

她是在說魏卓之？

元修深望著她，魏家乃江南巨賈，這藥膏隨心情便拿來作賭，也有可能。

士族權貴公子，豪賭者多得是，他未來西北前，在盛京天天見。

「這些事大將軍自己回去問公子魏。」有些事解釋得太清楚，聽起來反而像編的，不清不楚倒顯得真。

氣氛沉默了下來，元修心中疑問漸淡，看著她手中的藥膏，笑意不覺柔了些，他的傷死不了，她可以不拿這藥膏出來的，拿出來徒惹他懷疑盤問。她性情冷淡孤僻，定不愛惹一身懷疑，但她還是拿了出來。

此事是他對不住她，不該疑她。

「行了！別沉著臉了，英睿將軍大人大量，消消氣！」

「末將家中清貧，吃不飽飯，飯量小，肚量也不大。」暮青冷道，將刀就近火苗又烤了烤，道：「腿伸過來！」

元修一笑，把腿伸了過去。

他中箭後用過腿力，傷勢嚴重得多，箭從後方大收肌處射入，從前方股外側肌處射出，傷處有些偏，但很可能壓著股動脈，此傷有些險，取箭時需萬分小心。

氣氛靜了下來，三雙眼睛盯住暮青，見她將元修大腿上那片布料都撕了下來。男子的腿線條精勁流暢，只是腿側一片巴掌大的傷疤頗為刺眼。

月殺瞥了眼那片傷疤，上回她瞧的便是這疤？還真有。

暮青執刀輕輕挑開箭身周圍的皮肉瞧了瞧。

疼痛傳來，元修不覺腿一使力，暮青道：「放鬆！」

她知道這很難，但他一使力，肌肉收緊，箭被絞在裡面，更難拔。

元修竟真依言放鬆了下來，暮青又撥開傷口再三估計肌肉和血管的位置，男子額上滲出細汗，卻始終未再用力。

決定拔箭前，暮青將一團布送到元修面前，「咬著。」

那布是從他腿上割下來的褲子，元修氣笑了，道：「不用！動手吧，俐落點兒！」

暮青語氣生寒：「要能俐落點兒，我就不給你咬了。」此處沒有醫療儀器，她只能慢慢地拔，憑驗屍經驗避開股動脈血管，一會兒鈍刀割肉般的痛有得他受！

可元修還是那句話：「動手吧！婆婆媽媽！」

暮青將那團布交給孟三拖著，道：「一會兒你家大將軍撐不住了，塞他嘴裡！」

孟三乖乖點頭，也不知是誰的親兵。

元修腿上傳來疼痛時，眉頭只微微動了動，見暮青將那箭往傷口一側壓了壓，斜著往外拔，她拔得極慢，油燈裡火苗劈啪響，甬道裡似有陰風在動，過了極長的時辰，那箭才拔出寸許。

元修額上滲出細汗，他卻眉宇平靜，始終未使力。他低頭望著暮青，見她兩指撐在他傷口周圍，使力將傷口撐開些，另一隻手慢慢將箭往外拔。湧出的血染了她的手指，襯得那手玉白小巧……

元修心頭又生出古怪來，不覺望向暮青的臉。她半低著頭，臉上還戴著胡人面具，他想像著她原本的眉眼，粗眉細眼的，平平無奇的相貌。可她的手不似軍中漢子的手，軍中都是粗漢，偶有魏卓之那般公子哥兒，但習武之人的手他未曾見過如此漂亮的，便是養得再好，男子之手終是骨節分明些，大一些。

元修眸中疑色漸深，這時，暮青抬頭對孟三和月殺道：「拿塊布來，過來幫忙按住傷口周圍！」

她仰著頭，脖頸處有淺淺的喉結，元修心頭的疑惑被擊碎，但總覺得還有哪裡古怪，他糾結地想著，不知多久，那箭竟就這麼慢慢拔了出來。

血湧出來，暮青將元修的腿拉直，一手接過布團按住傷口，一手往他下腹與大腿根部處一按！

那手指玉般顏色，燭光裡一晃，探來元修下腹，剛觸著他的衣袍，便有奇癢自他下腹竄起，元修忽地直起身，一把握住暮青的手！他只為阻止她，那手握在手心裡卻軟軟的，他手心一麻，似被電著，急忙鬆了！

這一握一鬆間奇快，月殺的眉頭只來得及跳了兩跳，兩人便再無接觸。甬道裡死一般靜，唯見暮青面色清冷，「你想死嗎？」

她仍按著元修腿上的傷口，沉聲道：「腿根有脈動之處，兩指重力壓迫！不想死就快些！」

元修眉頭緊緊皺著，依言自己按了上去。

暮青見位置沒錯便低頭壓住傷口，觀察出血去了。

頭頂一道冷颼颼的目光落來，月殺的。

一道怪異的目光，孟三的。

還有道複雜糾結的目光，元修的。

暮青眉頭死死一皺，這些人，生死關頭，迂腐！

迂腐的三個男人卻各含心思，元修手心裡燙著，方才那手柔軟的觸感彷彿仍在，那柔軟彷彿在他心頭抓了一把，叫他忽記起校場騎馬那日，她的腰身和腿摸著也是軟軟的……

這時，腦海中卻閃過少年脖頸處的喉結，古怪，疑惑，一團亂麻在心頭擰著，二十五年來，他心中向來坦蕩，今日忽然一團亂麻堵了心，他頓覺有些煩擾。

暮青換了兩、三團布，按壓了許久，再將布團拿開時，見血止了些，便拿起藥膏來趁勢抹了，扯來布條幫元修迅速包紮了起來。

孟三目露讚嘆：「將軍的醫術真不比軍帳的醫官差！」

地上只有兩、三團布，出的血比預想中少太多，即便吳老動手拔箭，估計也得端出幾盆子血水去，這等醫術，足以叫醫帳那幫醫官汗顏了。

「這不算醫術，只是驗屍的經驗。」暮青將刀擦好收了起來，醫官們可探脈開方醫病救人，這些她不會，怎敢稱醫術。

暮青實話實說，聽此話者卻如遭雷擊。

孟三張著嘴，他家大將軍如此英雄人物，竟被當作屍體醫？這簡直喪心病狂，慘無人道！

元修咳了聲，心頭那煩亂被這話氣得忽散。

月殺瞥了眼暮青，天下間怎有這等女子，她眼裡除了屍體可還有別的？彷彿在回答他的疑問，暮青收了刀便走進甬道裡面，在一盞油燈前停下，看地上擺著的屍骨去了。

元修的傷剛處理好，不宜大動，暮青建議元修休息一晚，大家都累了，需要恢復體力。

不幸中的萬幸是他們身上雖未帶乾糧，但水囊隨身綁在腰上，只要有水便能撐上幾日。

誰也不知外頭什麼時辰了，元修倚牆坐著，目光落在暮青身上，見她在對面不遠處盤膝坐著，懷裡抱著只頭骨摸來摸去，摸罷又拿手丈量屍骨胳膊腿兒的長短。

元修微微搖頭，臉上帶著淺笑，他漸漸闔上眼，不知何時睡了過去。

這一睡不知多久，月殺和孟三輪流警戒，換過兩輪，發現元修發起了燒。

暮青三人只得重新安排了一下，由孟三照顧元修，暮青和月殺輪流警戒，輪到暮青休息時，她便去研究屍骨或替換孟三。

甬道裡無白天黑夜，四人忍著飢餓，口中乾渴也省著水喝。元修發著熱，他比他們更需要水。

三人替換了十幾輪時，元修的燒熱退了下來，人卻未醒。

三人趁機睡了會兒，他卻又發了燒熱，如此反反覆覆，不知幾日，總覺得好似度了數年時光。

其實並非數年時光，只是三日。

這三日，外頭為尋四人已生大亂。

青州山。

官道旁的密林裡，兩匹駿馬正低頭嚼著青草，樹影斑駁落在男子肩頭，晨陽如縷灑在幾封奏報上。

十月初五，呼延昊夜率五千精騎馳出狄部，蘇丹拉帶著突哈王子的屍首，率殘部退往勒丹撤退。

十月初六，西北軍副將驃騎將軍魯大率五萬兵馬大漠圍剿狄部精騎五千。狄部落入呼延昊麾下，其麾下部眾挾部族百姓號令七萬鐵騎死守，西北軍主帥失蹤，強攻暫緩。

同日，西北軍左將軍王衛海率部突襲勒丹牙帳，殺敵三萬，大勝而回途中路遇蘇丹拉殘部，斬蘇丹拉首級，奪突哈屍首，俘勒丹殘部而歸，勒丹王聞訊病重。

同日，塔瑪大漠流沙坑陷，現地宮陵寢，大殿燒毀，西北軍百里運桑卓湖水救殿。

十月初七，大殿火熄，殘箭遍地，四面焦黑，未見人馬屍骨。殿內有門兩道，一日未尋見機關，桑卓綠洲樹矮枝細，難以為攻城木，魯大定西北關城運木之計。

「她沒事。」清風徐來，草葉落於奏報之上，男子信手拈了。風舒草長，那青青顏色，春寒玉瘦，似那人。

李朝榮未接話，在他看來，暮姑娘未必無事，地宮大殿殘箭遍地，又起了大火，顯然有過機關拚殺，卻一具人馬屍骨未見。

那地宮機關有古怪，暮姑娘許去了殿門後，但在那殿門後也可能遇上機關之險。

但他忍下未言，無需他道破，主子心思從來莫測，怎會看不破？只是心中望念姑娘無事罷了。

這三日主子日夜疾馳，一日跑死三匹馬，三日到了青州界，喝口水都是在馬上，若非心中執念，鐵打的人也撐不住。

眼看西北在望，姑娘有事無事，去了便知。

「朝中命青州軍救西北，奏摺送去帝駕中，替子已畫可，青州軍已出。」李朝榮道。聖旨敕書，按朝中祖制，當由朝官起草，陛下畫可後原旨封存，再起草抄旨後才可下發。帝駕准奏那日，朝中調兵的旨意便直接發去了青州，顯然早已準備好兩道聖旨，不待陛下原旨發回，敕書便下達青州。

元家如此輕忽聖意，已是無法無天！

「嫡子失蹤，他們也是急了，怎會等聖旨回朝？朕不在宮中，不還有太皇太后？」步惜歡收了密奏，抬眸望遠，平平無奇的眉眼，素布白衣，懶懶一笑，偏生如虹氣度，如見雲容。

「元家大公子元睿自請來西北尋元修，太皇太后准了。這兩年，青州守將侯承業與元睿過從甚密，元修少年時期與元睿多有不和。」李朝榮皺起眉頭，元家派元睿和青州軍馳援西北找尋元修，這是找人還是害人？害了元修也倒罷了，暮姑娘可同在地宮中！

步惜歡眸底波瀾不興，不緊不慢牽起脣角，噙一抹輕嘲笑意，「如此，元睿回不去盛京了。」

李朝榮微驚，不解。

「大漠地宮許與暹蘭古國有關，黃金神甲，瞧在誰眼裡都是起事之資。元睿私結外黨，前兩年還有些耐性，聽聞此事便自請來西北，心太急，意太明。」步惜歡撫著掌心草葉，嘲諷微深，「准他來西北便是准他入地宮，暹蘭大帝的陵寢機關深詭，豈是誰想來便來想走便走的？」

李朝榮深吸一口山風，灌了一腔涼氣。

太皇太后准元睿來西北是想殺他？

「元家向來如此，太在乎名聲，便是清理門戶也要留個兄友弟恭的美談給天下人，好過留個戕害家族子弟的汙名在世間。」步惜歡嘲諷道，世上少有兩全事，不捨，難得。

李朝榮抬眸望一眼身前男子，只見那山風清幽，男子執草葉負手遠望，晨陽高升，青天寥闊，人在山間，指點天下，談笑爭雄。

「主上可想入青州，順道微服查探青州局勢？」

「不需。」步惜歡淡道，轉身望向身後茫茫青州山，「翻山。」

翻山入呼查草原，可一路馳去西北。

李朝榮恭身應是，青州軍已動，青州局勢有些微妙，官道之上探子多，走官道容易生事，但翻山不如走官道快，主子心繫姑娘安危，他原以為主上會冒險走官道，還在想著若如此該如何勸，未曾想主子心急卻不曾亂，事事皆在心中。

李朝榮轉身去牽馬，回來時見步惜歡望著掌心草葉，樹影斑駁落在他臉上，瞧不清神情，只瞧見他輕輕一撫，隨風送遠。

李朝榮心中閃念一動，莫非主子走青州山入呼查草原，還有些別的心思？

步惜歡從樹下走出，風華雍容，矜貴散漫，方才樹下那神情似只是李朝榮的錯覺，他轉身深望一眼晨陽照著的青州山，道一聲：「走吧。」

地宮裡甬道幽長，壁上油燈火苗晃著，生著虛影。

元修醒了，四人卻困在了甬道中。

元修發熱時，暮青三人未敢查探甬道，怕誤觸了機關引險上身。元修醒來後他們才開始查探甬道。

這條甬道長十幾丈，盡頭一道石門，開門的機關卻一直未尋見。不僅如此，連預想中的機關都未遇著。

甬道裡似乎沒有殺機，只是將他們困在了其中。

月殺從壁頂落下來，搖搖頭，「摸過了，跟牆上一樣。」

甬道的牆壁是青石雕，雕的是仙子引路，帝王攜百官登天路的故事。一條白骨森森的甬道裡，兩壁竟繪著升天成仙之景，不免有些怪異，但四人將牆壁摸了幾遍都未曾發現有異之處，月殺連頭頂的石雕都摸過了，但還是毫無收穫。

元修看了眼月殺，原只以為他只是有些身手，未曾想在那大殿之中，他竟能行避箭點燭之事，方才攀壁而行的輕功也能瞧得出是高手，雖瞧不出是何門何派的，但觀他在狄部那夜殺人之舉，頗像江湖殺手。

江湖殺手怎會來軍中？

元修心中生疑，只是暫壓了下來，只待回了西北再查，他問暮青：「你有何看法？」

暮青蹙眉沉思，她暫時還想不到，機關一定有，尋不到只是他們遺漏了哪裡，只是一時關聯不起來罷了。

元修又問：「這些人是如何死的，你可瞧出來了？」

「活埋的。」暮青道。

元修微驚，他只是問問罷了，她還真驗出來了？這些人可死了千年了！

暮青蹲去地上，抱起只頭骨來，一手托著，一手在天靈處拍了拍，隨後把掌心攤給三人看，只見她掌心裡一層細細的黃沙。

「人是在沙中活埋的，因死前在沙中掙扎，口鼻未閉，黃沙經口鼻耳進入，皮肉腐敗分解了，黃沙卻不會隨之分解，這些黃沙們留在了頭骨中，是死者留在這世間最後的語言。」

暮青看了那些黃沙一眼，死者的語言她是看懂了，但是沒看懂地宮主人的語言。

他到底把開啟石門的機關設在了哪裡？

這是暮青驗屍以來解釋得最簡潔的一回，三人卻聽得最明白，心中難免生出嘆意。

暮青轉身抱著頭骨蹲下來，將其放回原地，地上鋪著青石磚，油燈照著，清幽森冷，暮青放下頭骨的手忽然一頓！

元修問：「怎麼？」

「不對！有個地方，我們漏了！」暮青一指地上。

他們遺漏了地上。

不是遺漏了地上白骨，而是白骨之下的青磚。

他們將壁上的青雕每一處都探遍了，連頭頂都沒放過，卻獨獨忘了腳下。

月殺和孟三望了眼腳下，二話不說，開始搬屍骨！

屍骨搬去了殿門那側的石門地上，堆放在一處，十數丈的甬道，青磚露出，油燈照著，幽冷。

四人將地上的青磚先瞧了遍，每塊青磚都一樣，沒發現開啟石門的消息，但在離石門一丈處，月殺敲了敲地面青磚。

叩！叩！

空的！

不僅那塊青磚下是空的，周圍四塊青磚下皆敲出了空音，但沒見著有開啟的機關消息，月殺拿出了匕首撬開了一塊青磚，那青磚打開之時，四人疾退，防備著底下突來殺招，但靜待了片刻，青磚下並無動靜，只有壁上掛著的油燈火苗搖曳，甬道裡傳來嗚嗚之音。

風？

四人互瞧一眼，疾步過去往那青磚下一望，許久未動。

半晌，孟三撓了撓頭，「啥？」

他想罵完這地宮主人的十八輩祖宗！

青磚下隱約可見一條新的暗道，月殺將那四塊青磚都撬開，見一條向下的石階，足夠兩人並排而行。

青磚下有路，那甬道盡頭的石門是什麼？

擺設？

「被擺了一道！」孟三惱極。

暮青卻搖頭失笑，心生欽佩，這地宮主人可真深諳人心，他們確實被擺了一道。

一條甬道，前後兩道石門，一道是進來的，另一道誰能想到不是出去的？

任誰見著盡頭的石門都會以為是出口，他們尋找開啟石門的機關，卻未曾想到真正的出路就在腳下。而地上的青磚被屍骨蓋上了，十幾丈的路，幾百具屍骨，嫌晦氣也好，嫌麻煩也罷，沒人願意動，那四塊石磚卻正被蓋在屍骨下。

這條甬道的殺機不是機關，而是心理。他們歷經過前殿的機關，九死一生來到這條路，都以為有機關，小心翼翼地探查，當見到盡頭的石門，又仔仔細細地尋找開啟的機關。

兩側牆壁石雕細緻華麗，仙子捧著的玉盤、百官手上的笏板，連帝王王冠上的每顆寶珠他們都探查過，連他們自己都不知耗費了多少時日。若她沒有發現遺漏的地上青磚，他們可能會被自己困死在此處，死於飢餓困渴。

暮青有些遺憾，多年未曾解過心理題了，這地宮的主人若還活著多好，真想見一見。

她的笑有些惆悵，元修轉頭時正望見，不由愣住。這似是他頭一回見她笑，少年半低著頭，笑意淺淡，似惆悵，似懷念，微柔，卻見孤獨落寞。只那一刻，他忽覺地宮甬道幽深青暗，她孤身而立，與這地宮一般令人忽覺遙遠，似隔千年，隨時都會消失不見。

元修心頭竟忽的一空，反應過來時已經去拉暮青的手，「站在後頭做什麼？

過來！」

暮青一愣，元修也一愣，掌心裡柔軟的觸感傳來，他這才反應過來，似被燙著，倏地甩開。

手雖甩開了，驚色卻未去，似被自己給驚著了，隨後先一步下了石階，星河般疏朗的眉宇籠了陰霾。

莫非真是軍中待久了，他是該定門親事了？

可一想到盛京，他便覺得心頭煩擾更重，深吸了口氣時，他微愣。

空氣有些潮溼！

此乃大漠深處，地下潮溼說明有暗河，地宮離桑卓神湖約有百里，桑卓神湖下通著窟達暗河，此暗河四通八達，支流頗多，因此被草原胡人稱為窟達。

若此處連著暗河，他們許有出去之法！

這時，月殺點亮了油燈，只見眼前一條暗道，前方現出三條岔路口。

孟三罵道：「這地宮的主人就算是暹蘭大帝，小爺也要罵他祖宗！」

只見面前三條岔路，中間一條乾淨寬闊，旁邊兩條屍骨鋪路，屍骨亂七八糟地倒著，有些骨頭已經碎了，看起來像是被殺的。

「這回說不定也是拖著咱們，讓咱們在這兒想個幾日，乾脆餓死！」孟三負氣道。

「他不會玩同樣的花樣，這兩條白骨路是有機關的。」暮青走去左路，蹲身細看地上白骨，道：「這邊的屍骨頭向外、腳朝內，肢體斷碎嚴重，愈往肢體下方骨折愈嚴重，有幾具屍骨小腿呈粉碎性骨折，推斷此路上有碾壓型機關。這機關應有兩軸，吊在上方，滾動一段後會升起，所以這些屍骨粉碎得最嚴重之處是小腿，大腿、骨盆和腰椎都相對輕些。」

暮青又到右路看了會兒，道：「這邊的屍體呈曲線散落，幾具死在右邊，幾具死在左邊，再往裡瞧也是一樣，十分有規律。大多數屍體倚著牆，面部塌陷骨折，凹緣處有多條平行的弧形骨裂，此乃典型的圓球形鈍器造成的機械性損傷，推斷此路上的機關為圓球，懸吊上方，左右搖擺，所以人才會死在左右兩邊，大多倚牆而亡。」

「中路不見屍骨，以地宮主人的性情，如果此路有機關，他卻沒有給我們提示，只能說明一點。」

「一旦我們看見了這條路上的屍體，我們會很快做出選擇，要麼立刻選擇這條路，要麼立刻放棄這條路。那遊戲便無趣了，他的目的是讓我們動腦思考，所以這條路上要麼沒有機關，要麼有。若有，必比左右兩條路殺人得多。」

暮青說得快，三條路眨眼工夫便推測完了。

「中路確實不能走。」元修望向中路深處，黑暗裡有些窸窸窣窣的聲音，那路上有東西，很像蛇窟，又或者是其他毒物。他不懂驗屍之法，但他身為武者，耳力不差。

月殺對暮青點了點頭，顯然他也聽見了。

機關易躲，毒物難防，此路若進，恐他們都出不來。

正如暮青推測的那般，這條路上的殺機比兩旁厲害得多。

「既如此，走這邊。」暮青走向右路。

「為啥？」孟三不解。

「左邊是碾壓型機關，碾人不碾死，只碾一半，腰椎骨折，只能癱在地上等死。右邊機關躲不過大不了砸到頭，當場死亡，少受罪！」暮青道，她寧願選右邊，進去前她又道：「圓球人頭大小，速度頗快，分布密集。」

三人沒問為何，只選擇信她，反正她自有道理，問了也聽不懂。

四人走進那路，步步慢行，元修和月殺兩個高手在前，眼望四方，耳聽八路，剛走到第一堆屍骨處，頭頂忽有重風而來！

那風帶著鐵腥氣，未至已有狂風灌耳，前方同時有數道狂風颳來，元修和月殺同時出手，將身後暮青和孟三向後一推！

兩人被推出去，元修和月殺急退回來，望著路上落下來的鐵球，目露明光。

兩人想到一塊兒去了，方才走在前方都是為了探探機關，先觸了機關，讓那些鐵球都落下來，之後再尋著間隙帶著暮青和孟三以輕功飛過去。

機關是死的，人是活的，使計才好過些。

出手頗為順利，元修回頭問：「沒傷著吧。」

「沒。」孟三摸摸摔疼的腦袋，從地上爬起來。

元修和月殺的臉色卻忽然一變！

孟三被兩人的臉色嚇到，以為暮青摔著了，馬上回頭查看。一回頭，他倒吸一口氣，臉色也變了。

後頭只見幽冷的燈火，除此之外，不見一人。

暮青不見了！

黑暗的青石道裡，有人疾馳。

燈未點，壁冷路溼，難辨前路，那人負重奔馳，步如疾風，嘯影掠過冷壁，暗若游龍。

暮青在那人背上，數道大穴被點，一路動彈不得。她腹部搭在那人肩上，頭朝下垂著，看不見人，但知道人是誰。

呼延昊。

剛才元修和月殺將她推出來，她退到了路口，後背忽被人連點數道大穴，那人扛了她便閃進了中路。

暮青慶幸的是呼延昊扛起她時將她的腹部搭到了肩上，她半身懸著，身分僥倖未暴露。

呼延昊扛著她左轉右繞，地上窸窸窣窣的，暮青看不清是何物，只聞見腥臭氣，呼延昊卻不受影響，黑暗裡依舊奔馳如風。繞了七道彎，他停下時已是路深處，暮青倒懸著，感覺有風自下而上撲來，帶著濃烈的腥臭氣。

呼延昊點亮了牆上油燈，火燭昏黃，照見她面前一方深坑，坑中萬蛇相纏，她的身子忽然往下一沉！

呼延昊倒提著她的雙腿，將她懸在蛇窟上方，道：「英睿將軍，本王說過，你的命遲早是本王的。你說，本王要不要把你丟下去？嗯？」

暮青不言，她開不了口。

呼延昊想起點了她的啞穴，把她提上來，一指在頸側一點，又將她懸在了蛇窟之上。

「丟我下去，你就可以困死在這裡了。」暮青道。

「哦？」呼延昊眉一挑，將她往蛇窟裡沉了沉，坑中萬蛇扭曲相纏，攀成一柱，似巨蛇生著數頭，漸漸逼近她。

「蛇窟十丈，太寬。牆壁溼滑，難以借力，以胡人輕功難以飛躍。前方便可見石門，你尋不到過去之法，又尋不見機關，更不想返回走那兩條機關路。你身上帶著驅蛇藥，此路的殺招對你來說形同虛設，你覺得這是條專為你準備的路，沒有想過放棄。所以，你需要我的幫忙，殺了我，你過不去。」暮青平靜道。

呼延昊沉默了半晌，忽然一笑，把她提了上來，「精采！英睿將軍果然聰明，本王的心思你都能猜中，如此了解本王，本王都有些不捨得殺你了。」

他提著暮青走到牆邊坐下，問：「本王很好奇，以英睿將軍的聰慧，那條白骨路上何事難住了你，竟出來得如此晚？」

呼延昊竟不急著讓暮青尋找出路，他坐在暮青身邊，看見她不能動不能逃，只能坐在他身邊，心情頗好。

暮青不答，只坐著。

呼延昊拿出匕首，壓在了她頸側。

暮青的神色動也未動，呼延昊需要她的幫忙，但不代表不會傷害她。玩虐取樂，又不將她殺死，他有的是手段折磨到她願意臣服，乖乖地任他玩樂。

但她不會臣服。

她與呼延昊未見過幾面，但太了解他。在他心裡生命只分主宰和被主宰兩類，對他表現出順從和臣服便會被他歸為被主宰的一類；而在他心裡，被主宰者只是牲畜，是可以隨意屠殺取樂的。所以與他獨處之道在於對抗，不讓他感受到臣服，她才能不受到傷害。

呼延昊太了解一些人看他的眼神，恐懼、厭惡、鄙棄，但這些她眼中都沒有，只是冷淡，似乎只是不喜歡他的話題，沒興趣回答。

匕首擦著暮青的頸側凶狠一劃，森寒的刀光吻過暮青的脖頸，眼見著便要血線起，鮮血湧。

暮青還是不見懼色。

「英睿將軍好膽量。」呼延昊一笑，將匕首拿了開，問：「方才本王聽見將軍擇路之言，深感欽佩。將軍既如此了解機關，不妨猜猜本王在那路裡遇上了何等機關？」

呼延昊看起來還是不急著尋找過蛇窟之法，暮青卻心如明鏡，他不是不急，只是信不過她。他需她幫忙，卻信不過她真有能力尋到出路，所以他在試探她，試探她有多少機關方面的才學。

「你什麼機關都沒遇上。」暮青道。

呼延昊挑了挑眉。

「那兩道門是道心理題，而非機關題。乾淨莊嚴的白玉路，鋪滿白骨的屍路都不過是干擾，讓人思索到底哪條路裡有機關，其實都沒有，連真正的出路都不在石門處，你那邊的出路應該在某處百官兵俑的石像下。」暮青篤定道。

地宮主人出這道題時，無法預料來到殿中的人是一路人馬，還是兩路人馬。他們和呼延昊身處兩個陣營，所以兩條路都進了，但如果來到殿中的是一夥人，很可能只選擇走其中一條，所以無論走哪一條，題目應該都是一樣的。

呼延昊眸中漸生明光，道：「這麼說，本王在此題上贏了將軍？」

他出來得可比她早！

「如果有人因尋不到出路，暴躁地拿殿內石像出氣，偶然間發現了出路也算贏的話，那就算是吧。」暮青嘲諷道。

呼延昊眸光忽暗！她怎知……

「呼延王子被我設計進那條路，心情定然不佳。來來回回摸遍了牆上石雕和百官兵俑的石像，尋不到出路心情會更不佳。心情不佳時，以呼延王子的暴虐性情，你會想殺人，甬道裡可沒人給你殺，只有文武百官和兵俑仕女的石像。撒氣毀了石像，蒙到了出路，這也算贏？」暮青毫不客氣。

呼延昊許久未言，半晌，眼眸微瞇，氣息危險地逼近暮青，「本王的性情？

看來，將軍自以為很了解本王。」

「嗯，我不僅了解你，我還了解這條路。」暮青堅決不被呼延昊掌握步調，忽然道：「你想尋找通過蛇窟的辦法本身就錯了，這條路你想出去，得先下蛇窟！」

呼延昊有心試探她，她卻沒時間陪他玩兒。元修和月殺發現她不見了定會到處找尋，他們可能會進這條路來，拖得愈久，他們進來的可能性就愈大。此路太險，她寧可自救，早些脫險，早些與他們相聚。

她不理睬他，不吃他給的東西，解開他出甬道之謎打擊他，一切皆是為了亂他的步調。此刻忽然拋出離開密道之法，他心定亂，她的時間便可以不浪費在無聊的試探上了。

果然，呼延昊目光生了陰寒，問：「本王錯了？」

「錯得離譜。不入虎穴，焉得虎子，你要找的東西在蛇窟裡，不下蛇窟，出了那道石門許就是別的路。」

「你怎知在蛇窟裡？」

「地宮主人說的。」

「……」

「前殿一路行來，地宮主人的性情已經很清晰了。陵寢乃安眠之處，事死如事生，百姓也好，王侯也罷，陵墓被盜或被毀乃大凶大辱之事，防範都來不及，誰願親手毀了自己的陵寢？行此事者，不受世俗所困，必為決絕灑脫之人。不在乎陵寢便是不在乎身後事，那又怎會在乎身外物？這地宮中若有寶藏，以他的灑脫，必不在乎被人拿走。」

「但他的東西不允許輕易被無能之輩拿走，這是他的驕傲。他如此通曉機關、深諳人心，在世時定難遇敵手，所以設下此陵寢機關，孤獨等待千年，求能破解他的機關和謎題的後人。我如此推斷，皆因他前殿殺機重重，後兩處卻未置絕殺手段。甬道乃心理題，未置殺機，此處為機關題，雖有殺機，但含提示。他若只為殺了我們，何必如此？一個通曉機關的高手，有的是殺人之法。」

「前殿，他挑選了能看破他機關的能者。甬道，他挑選的是如他一樣深諳人心的智者。三岔路，他挑選的是勇者。」暮青看了眼對面牆根下密密麻麻遊動的毒蛇，道：「我總覺得他在挑選繼承者，因他挑選的人跟他一樣。他通曉機關，挑的便是能看破他機關的人。他深諳人心，挑選的便是看破他心理題的人。三岔路挑選勇者，我總覺得他要的不會只是敢闖機關之勇，有本事闖過他前兩關之人自然有這點小勇，他要的是大勇！敢入虎穴，置之死地而求生者。」

此路上能稱虎穴之處，不就是蛇窟？

呼延昊卻不太信，「說來說去，大多是你的推測。」

「並非推測。人的行為可暴露出心理，由心理可預測行為。如同呼延王子，青州山裡，由你的殺人手法推測你的心理，再由你的心理預測你可能會出現的下一處作案之地，這不難。」暮青不能動，看不見呼延昊的目光，卻能感覺到氣氛的暗湧。

遠處蛇影湧動，男子的目光卻比蛇影更危險，暗藏震驚，也暗藏殺機。

他孤身赴青州，以一人之力謀西北五萬新軍，天衣無縫的智勇之謀，敗於一次密林追捕。他從來不知自己是如何暴露的，只知那夜是魯大帶人追捕的他，而這少年是在呼查草原上才出現在他面前的。

以魯大之能，不該是那敗他之人。他曾派人查過，但那夜演練的百餘新兵對此事諱莫如深，他不想他的人因查此事而暴露身分，便沒命人深查。

此事於他來說一直是心頭未解之謎，原來竟是他？

他青州山敗他，呼查草原上敗他，大將軍府中險致他身分暴露，地宮裡騙他孤身進那甬道……

原來一直都是他！他毀了他青州之行的心血，毀了他在王帳裡許下的戰功之誓，讓他因敗不敢回部族，被迫躲在嘉蘭關城內，一關便是一個月，險些錯過了奪位大事！

男子盯著少年，袖口暗動，匕首的寒光在她看不見之處倏閃，似那寒霜雪，殺機一現！

「你想殺我。你敗在我手上過，我讓你覺得有挑戰，你不捨得沒打敗我就殺了我，但你絕不允許一個能時刻看透你心思的人活在世上。」暮青道。

呼延昊冷笑一聲，伸手掐住了暮青的脖子！

他來到她身前，與她面對面，讓她看見他眸底的殘酷和冷笑裡的殺意，「沒錯！本王是覺得你有趣，一個能敗本王青州山妙計、能用螞蟻打敗本王、能騙本王入那甬道之人，值得本王感興趣。但本王不喜歡你，你活著會處處壞本王的事。」

這少年只從軍三個月便數次壞他大事，他不喜歡一個時刻能看穿他大計的人。

這少年，不能留！

「你不會殺我。」暮青眸中並無恐懼，清澈得似能望見男子最深的心思，「你連掐著我的脖子都為我留了一線呼吸之地，我還能說話。行為反映心理，你在猶豫。」

那手倏地收緊，男子的臉幾乎逼來她臉上，眸底殺機噬人，「你是嫌本王沒立刻殺了你，急著找死？」

暮青無法呼吸，也無法再開口，眸光卻依舊清明。

那清明成功惹惱了呼延昊，他手一鬆，還她一線呼吸之地，對她露出森然的笑，「說！給本王說說！本王為何猶豫，為何不會殺你！你不是自詡了解本王？那就說說，說錯了，本王就把你丟下蛇窟！」

暮青嘲諷冷笑道：「你想得到地宮寶藏，為此不會放過任何一處可能。那蛇窟深丈許，下去了便上不來了，你生性多疑，怕我騙你下蛇窟是置你於險地之策，所以你一定會帶我一起下去。你想殺我，但你更想得到地宮寶藏，那才是你的大事。殺我，何時都可以。」

靜默片刻，呼延昊忽然仰頭大笑，那笑聲在幽暗的青石道裡狂妄肆意，青暗的眸底似含著快意，含著殺意，含著複雜。

「好！既然你這麼想陪本王下那蛇窟，本王就帶你下去！若下面無路，本王就把你餵了那些毒蛇！」他一把將她拉起來，毫不溫柔地往肩上一扛！

忽來的大力震得暮青頭暈目眩，胃中翻攪欲吐，她卻強忍著，蹙眉屏息，呼延昊扛著她便躍下了蛇窟。

第五章

卿本紅妝

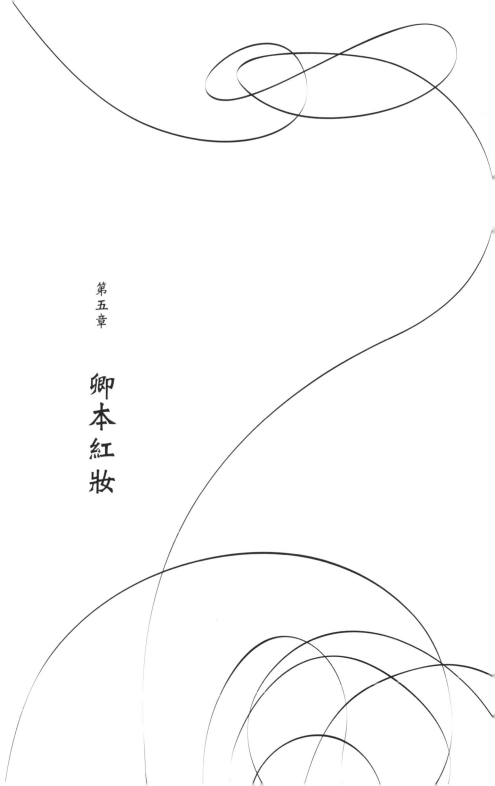

蛇窟深丈許，牆壁溼滑，呼延昊勉強借力，踏了幾下，落去了地上。

腳下血氣濺起，一條毒蛇被踩成肉泥，頭頂油燈光亮淺淺照下來，地上萬蛇扭動，呼延昊落下的一瞬，多到沒過了他的小腿，蛇身陰冷的腥臭氣撲面，令人欲嘔。與這氣味相較，暮青覺得屍體的氣味美多了。

那些毒蛇卻沒有一條敢咬呼延昊，在他落到地上的一瞬便全數逃散，因為數量太多，湧在一起漸漸疊高，牆壁看起來似一道活生生的蛇牆，看一眼便讓人頭皮發麻。

呼延昊瞥了暮青一眼，從上面躍下來，他在牆上蹬了三下，她在他肩頭震了三下，那身子搭在他肩上，本以為單薄瘦弱會硌人，卻意外的柔軟，且比想像中輕許多。

從岔路口挾持她時起，他心頭就有些古怪之感，但一時想不起古怪感來自何處，結果方才再扛起她，帶著她躍下來，這古怪感愈發強烈，強烈到他不能忽視。

「那邊！」正當呼延昊起疑時，暮青忽然開口，轉頭看向左邊牆壁。

呼延昊的思緒被打斷，轉頭望去，見左牆上有道門，被毒蛇遮了一半。他走過去，毒蛇四散，門顯露了出來，他卻盯著門未動。

真被她說中了，蛇窟裡有暗門！

「看見機關了嗎？」暮青頭朝下看不見牆上，只好問道。

「沒有。」呼延昊掃了眼牆上，門兩旁爬著毒蛇，顯露出來之處未見著機關。

「沿著牆走走看。」蛇窟是勇者的試煉，敢下來還不算勇，敢在萬蛇窟裡淡定地把每個角落都細查一遍才叫勇。

這地宮主人也挺變態。

呼延昊聽著她命令的語氣，沒動。

這世上敢命令他的人都死了！

「毒蛇咬到你的腿了？」暮青問。

呼延昊眼瞇起來，氣得一笑，她巴不得他被毒蛇咬到吧？可惜毒蛇對他退避三舍，暹蘭大帝恐怕也不會想到，會有帶著驅蟲藥之人來到他的陵寢，他布下的勇者試煉對他來說再簡單不過。

此路乃專為他而設，地宮寶藏冥冥之中是屬於他的。

呼延昊沿著牆邊走動起來，蛇牆隨著他的前行而退，滑膩聲聽著令人頭皮發麻。他走過暗門所在的半面牆，沿著往兩人落下來時的那道牆走，走到中間，腳步一停。

「有發現？」暮青問。

「有塊雕著人臉的青磚。」呼延昊道。

人臉？

「接著查探。」暮青沒問是何模樣的人臉，地宮主人在最大限度地考驗他們的膽量，他們才走了一面牆，她總覺得應該全都探查遍再下判斷。

呼延昊也這麼認為，從前殿到蛇窟，一路上所有的機關都設在令人意想不到之處，這塊雕著人臉的青磚怎麼瞧都太顯眼，很可疑。

但當他走過這面牆，他一共在牆上發現了三塊雕著人臉的青磚。再往下一面牆查探，又見三塊，第三面牆同樣是三塊，第四面牆即是有門那一面。除了門，牆面乾乾淨淨，沒有發現人臉青磚。

三面牆，九塊青磚，會是開啟暗門的機關嗎？

若是，哪塊是？

「哪塊是？」呼延昊低頭問暮青。

「抱歉，後腦杓沒長眼。」暮青冷道。

呼延昊劍眉挑得老高，非但沒放她下來，反而笑著打擊她，「哦？看不見就猜不出來了？本王還以為你有多聰明！」

暮青唇一抿，眸光微涼。呼延昊笑得有些快意，也有些惡意，他雖然看不見她的臉，但是能感覺到她利刃般戳人的目光。近來一直敗在她手上，能打擊到她讓他心情莫名甚好。

但他沒笑多久，便聽見她道：「你不要搞錯了，我是可以盲推的。但你能把每張人臉的眉眼鼻唇都描述無誤嗎？」

呼延昊笑容一僵。

「不能就放我下來！描述能力低還想和我搭檔盲推，拉低我的正確率！」

呼延昊笑容忽裂，惡意化作殺氣，總有一日，他要宰了這小子！

抓著她的衣領一拎，他將她往地上一墩！暮青閉著眼，感覺腳下踩著堅實的地面，腦袋不再晃了才睜開眼，見面前對著一面青石牆，眼前正是一塊人臉青磚。

人臉雕畫得頗為精緻，神態唯妙唯肖，除了眉眼鼻唇，面龐都雕得很清晰。雕刻手法為浮雕，線條流暢，刀法渾厚，只如此瞧著，莊嚴感便逼面而來。

「看出什麼來了？」呼延昊問。

「把我的穴道解了。」暮青道。

呼延昊冷笑，拎著她的衣領就將她提去了旁邊一塊青磚前。

那塊青磚在暮青視線上方，她需要仰著頭才能看到，呼延昊捏著她的下頜便叫她仰起了頭。看見她眸底的寒光，他重新露出惡意的笑容。

暮青沉聲問：「你未成年？」

呼延昊揚眉，「何意？」

「為何如此幼稚！」

「……」

「你如果一定要提著我走，那就勞煩提著我看遍蛇窟三面牆上的每一塊青磚，沒這耐性就解開我的穴道！」

「本王看起來如此好哄騙？」一面牆只有三塊青磚有雕人臉，她需要看過所有青磚？她真以為他是幼稚的孩童？

「我需要看三塊青磚在每面牆上的分布，需要關聯分析其分布的涵義。」

「有這麼麻煩？」

「你說呢？這地宮主人的機關造詣你見識過，若遺漏了哪處，解題錯誤，門打不開，反而招來險事，後果你願意負？」

呼延昊緊緊盯住暮青，似要從她臉上看出她所言是否為真。看了一會兒，他抬手一拂，想要打開蛇窟之門的欲望終勝過了對暮青的懷疑，自背後替她解了穴道。

暮青感覺身子一鬆，心中暗舒一口氣，道：「我走到哪兒，你跟到哪兒。」

「你把本王當成跟班？」呼延昊字字露著殺機，人卻跟在暮青身後。

「不，驅蛇藥。」暮青蹲在地上，細看人臉青磚，看罷起身，去旁邊一面牆。

呼延昊跟在她身後，原本行路無聲，卻將青磚碾得沙沙響，躍下來時踩死的蛇屍橫陳在腳下，呼延昊一腳碾上那蛇骨，彷彿碾的是前頭少年的骨頭。

蛇骨盡碎之聲在幽深潮溼的蛇窟裡異常刺耳，暮青彷彿未聽見，她看完這面牆的青磚便接著看下一面，第三面牆剛看完，呼延昊便沒有耐性地問：「聰明的英睿將軍可看出了是何機關？說出來讓本王長長見識。」

他問得這般快，顯然不認為暮青能如此迅速地看破開暗門的機關，他為的不過是過過嘴癮，打擊她而已。

卻聽暮青道：「哦，那你長不到見識了，這機關不需要智慧。」

呼延昊目光一沉，何意？難道她已看出來了？

「這機關只需要記憶力。」暮青走到對面牆壁中間的青磚，掌心一翻，翻出把解剖刀來。

呼延昊見了，眉宇間頓生寒戾，拿著匕首抵向暮青後心！暮青卻只是用那刀抵在青磚上用力一推，那青磚緩緩被推了進去。

青磚上有些淺黃的毒液，是蛇窟裡的毒蛇留下的，她是為了不將毒液沾到手上才拿出了刀來。

呼延昊臉色稍霽，匕首從暮青後心處離開，但未收起，看著暮青推進這塊青磚，又轉身走回去，將下方一塊青磚推了進去。隨後她又走去暗門對面那道牆前面，將上下兩塊青磚依次推進，又走去第一塊青磚的牆面前，去推下面那一塊。

如此順序，呼延昊實在瞧不出規律，忍不住打斷她，問：「你如何知道順序？」

她若是推斷錯了，惹了殺招來，他可是也在這蛇窟裡，事關生死，他必須要問明白。

這九塊青磚，他想過幾種可能。

一種是只有一塊能打開暗門；一種是需要幾塊，有的推進去，有的保留原樣，形成一種機關組合；還有一種是都推進去，但需要弄明白順序；最後一種是這九塊青磚都非打開暗門的機關，不過是障眼法，暗門的機關另在他處。

她推送這些機關時，下手頗為果決迅速，絲毫不含遲疑，顯然不是蒙的。她如何知道推送順序，依據為何？

暮青停下來，轉頭問：「我很好奇，你那條甬道牆上所繪的青雕是何場景？」

呼延昊眉峰深鎖，正回憶，暮青替他道：「仙子引路，天子率百官登天路。」

「你怎知？」沒錯，是此景！

「證據在此。」暮青一指面前的人臉青磚，「如果不是此景，進入那條白玉路的人來到蛇窟，將無法解開暗門的機關。」

他們那條屍路的牆壁上所雕的就是此景，呼延昊走的那條路也必須是一樣的，這樣才能保證不論進甬道的人選擇的是哪條路，來到蛇窟都可以解機關題。

呼延昊卻沒聽懂，「何意！」

暮青詫異地看著他，她都提起那幅壁畫了，他還沒想到？

「如果童話裡的智慧樹可以吃，我想你需要吃掉整棵樹。」鑒於他幾次三番想打擊她，暮青毫不留情地反擊：「你不覺得這青雕上的人臉眼熟嗎？天子率百官，百官有九列，最外面一排的九張人臉就在這九塊青石磚上！」

呼延昊盯住面前那塊青石磚，眉頭愈鎖愈緊。

是嗎？眼熟？他為何一點兒也不覺得眼熟？

「你沒記錯？」呼延昊問。

「你沒探查過？」暮青也問：「找機關時，你沒探查過牆上的青石雕？」

「自然探查過！」探查過就該記得住？

「探查過就該記得住！這是地宮主人的要求。」暮青道，目露欽佩之意，「他是個天才，所有的布置，沒有一處是浪費的。他料到進入甬道之人會在尋找開門的機關時摸遍牆上的青石雕，他要求在此處記起，並將暗門打開。」

「用意呢？」呼延昊不解，暹蘭大帝為何非要他們在此處記起甬道裡的青雛？

「大勇之意！」暮青眸中讚色更濃，平平無奇的容顏增了三分明媚，「你若未帶驅蛇藥下了這蛇窟，能一邊與毒蛇殺鬥，一邊還能分神記起曾經看過的青雛人臉嗎？人在全副心神做一件事時是很難分神做另一件事的，尤其在面臨險境時，恐懼和緊張會令人的大腦呈現空白狀態，此時還能回想起曾經看過之物並且記起順序，心理素質才叫強大！這才是他要的大勇之人，敢入蛇窟只能算膽量過人，毒蛇環伺，與萬蛇爭鬥還能分神他事，山崩於頂而面色不改，如此有勇有謀心智過人，才為大勇之人。」

此地宮主人真乃世間大才！

暮青向來冷淡，少有這般情緒激昂之時，她再度感覺遺憾，若此人還在世多好？

有一人可切磋，世間才不寂寞。

呼延昊不再言語，算是認同了暮青的解釋，只是見她眸中明光染了層寂寞，不由沉了眉宇。他心情不太好，不知為何。

「你確定你沒記錯？」

「確定！」

當時屍骨鋪路，她看見牆壁上所繪為天子率百官登天路之景時，心中就覺得與屍路的氣氛不搭調，還特意思考過其中用意。此時她才明白，為了讓來到此處的人能解暗門機關，屍路牆壁上所繪之景便與白玉路上相同了，這大概是地宮主人所有布置中唯一的瑕疵，但實屬無奈之舉。

總之，當時為尋機關，他們在牆上來來回回探查過很多遍，如此已足夠記憶了。又因她當時感覺牆上所雕之景違和，特別留意過，所以記憶格外深刻。

呼延昊卻絲毫記憶不起，若他一人下這蛇窟，看見這九塊人臉青雕，絕對不會聯想到甬道裡的壁雕，更別提記著順序了。她記憶力驚人也倒罷了，能一看見這九張人臉就想起甬道壁雕才是不可思議之處。

彷彿會讀心，暮青道：「浮雕，線條流暢，眉眼精緻清晰，神態唯妙唯肖，連臉龐胖瘦都不一樣，難道想不到是甬道壁雕？想不到也該能看出雕刻風格眼熟，我們遇到的有壁雕之處只有甬道！」

呼延昊：「……」

暮青轉身把三面牆上剩下的人臉青磚依次推進去，速度之快讓呼延昊只來得及跟在她身後移步。

當最後一塊青磚推進去，兩人轉身，聽蛇窟裡有鐵鍊聲暗動，感覺腳下有沉鐵微震，呼延昊手一伸，點了暮青的穴道。

他只點了她上身，保留了她的行動力。暮青暗道此人學精了，她設計過他一回，他變得格外警惕，還以為在開石門的一刻他的注意力會有所轉移，沒想到他不等石門開便重新點了她的穴道。

這時，對面石門輕晃，緩緩地升了上去！

微光淺灑進去，只能照見一角，光線太過微弱，什麼也看不清。但裡面沒有殺招出現，看著似乎安全。

呼延昊匕首一飛，將一條毒蛇釘死在牆上，帶著暮青走過去，兩旁毒蛇四散，他拔了匕首，取下蛇屍，朝那打開的暗門裡就丟了進去！

裡面嘩啦啦一響，聲音格外清脆，那清脆之音落下後，裡面便又沒了動靜——裡面有東西，但似乎沒有殺招。

呼延昊卻不放心，又射死了幾條毒蛇，接二連三地丟了進去，裡面一串嘩啦啦的清脆響聲，一物彈出，沿著石門邊滾了出來，落到了地上。微光正照在那滾出之物上，金色的光芒在昏暗溼滑的蛇窟地上晃著人的眼。

金幣！

呼延昊盯住那金幣，難言激動，隨後拎著暮青走了過去。但他生性狡詐如狼，到了門口還不肯盡信裡面沒有殺招，對暮青笑道：「你說，本王應不應該把你也丟進去探一探。」

「可以。」暮青絲毫不懼，「如果你進去了之後，有智商靠自己找到出路的話。」

裡面若有寶藏，這蛇窟高丈許，牆壁又溼滑，想原路靠呼延昊的輕功上去是不可能的，這寶藏從此處運不走，所以裡面必有出路。依這地宮主人的性子，想出去定不容易。

呼延昊笑意沉斂下來，拎著她的衣領一轉，讓她面向他，看見他眼裡的嗜血殺意，「你知不知道，敢侮辱本王的人……」

「都死了。」暮青替他說完，有些不耐，「知道了，快進去吧，裡面沒殺招。」

暮青坦然走進了石門裡，後頭碾著地面的聲音又起，呼延昊的臉青如石牆，但還是緊跟暮青進了門去。

門內漆黑，呼延昊習慣了黑暗，視物之能頗高，見殿內有八柱火臺，柱高三尺，雕有華飾，上擎火盆。呼延昊依次將八柱火盆點亮，火盆全都點亮的一瞬，身後石門忽落，兩人卻都沒理那門，同望著眼前華景。

八柱臺，青銅鼎，天高九丈，四面華雕，金磚鋪地，翠珠為飾，莊嚴華美如人間金殿，全看不出外面是溼滑幽暗的蛇窟。

此門內乃圓形空間，似取天圓地方之意，中有高臺，上面堆滿之物金碧晃晃，溢了滿眼。

黃金，神甲。

黃金堆積如山，神甲足有十臺大箱，甲衣滿出，金絲晃眼。

呼延昊未走近，抬手一擲，匕首射向那甲衣，叮一聲！

清脆聲入耳，匕首鏗鏘落地，甲衣軟軟搭在箱沿，絲毫無損。

呼延昊眼神一亮，大步走過去將那甲衣撈起，甲衣是軟甲，不知何物所造，竟兵刃不入！

這整整十臺大箱的甲衣若能組一支神甲軍，定能馳騁在世，成一支神軍！

呼延昊心情澎湃，剛想將甲衣穿上，忽覺身後有目光傳來，轉身看向暮青後，眸中起了陰沉霾色，笑道：「本王能尋到寶藏，英睿將軍功勞不淺，這件甲衣本王可贈予將軍。」

說是贈予，他卻不容暮青拒絕，打開她的雙臂便要為她穿上。那甲衣胸前有衣帶繫著，他若為暮青穿衣，少不得要幫她繫衣帶。

暮青道：「呼延王子服侍人挺熟練。」

呼延昊面色頓沉，將甲衣扔到暮青身上，抬手幫她解了穴道，咬字如磨牙：「自己穿！」

暮青重獲自由，心知呼延昊將甲衣贈予她不是出於慷慨，只是狡詐多疑，怕甲衣穿上身會有險，拿她做試驗罷了。她將那甲衣接到手上，只覺得入手溫和柔軟，不若金屬的冰冷，穿上身後不覺得冷硬，反倒挺貼身。

呼延昊見暮青無事，欣喜如狂，抬手便又要將暮青點上，手指落在暮青身上時，他忽愣，隨即面色一變！

暮青目露嘲諷，甲衣她替他試了，他卻不能再點住她的穴道了。

「你故意騙本王將甲衣給你？」呼延昊眼眸瞇起，危險如狼。方才他其實沒想將甲衣給她，只因要穿甲衣前感覺到她的目光，他才驚覺此衣得有人試一試，但他並未想到她穿上後他連穴道都點不了了，此刻想想，她實有誘騙他之嫌！

「騙人是需要智商的，對你，我沒用。」暮青不承認。

呼延昊氣笑了，笑意冰冷，如見九幽寒冰，忽然伸手掐向暮青的脖子！

暮青早有所料，指間一直未收起的刀刃狠辣地向呼延昊膝間刺去！她不退反進，敏捷如豹，呼延昊心頭凜然，手未收回，腿欲撤已來不及，電光石火間，他腿上氣勁震開，暮青的刀刃離他的膝眼只差毫釐，卻只覺刀尖兒如被一道無形的氣勁所阻，手腕突麻，刀在指尖震得險些落地！她捏緊一收，躬身馳退，與呼延昊遙遙相望，心中暗自可惜。

呼延昊未追來，目光落在她的刀尖上，森冷一笑，「你還是騙了本王。」

那刀尖上泛著淺黃，蛇毒的汁液，她在蛇窟裡用此刀推送青磚時沾上的。她當時恐怕就有此刺殺他的念頭了，可惜他心思在人臉青磚上，絲毫未曾察覺。

「你說要看那些青磚在牆上的分布，關聯其中涵義，其實是為了騙本王解了你的穴道吧？」呼延昊並不笨，有些事未發覺只因暮青做得太隱晦，但既然發現了她有用蛇毒刺殺他的念頭，很容易便能發現她前頭的謊話了。那些人臉青磚需要的是記憶力，並不需要看什麼分布。她那時不過是為了騙他解開穴道，好讓她順理成章地拿刀推送青磚，趁機讓刀沾上毒液，伺機刺殺他罷了。

在蛇窟石門開啟的一瞬，如果不是他不放心她，點了她的穴道，她恐怕那時就會動手，但他千防萬防，還是被她騙去了神甲，險些傷在她手下！

呼延昊忽然大笑，笑聲摧心，目光殘嗜，漸漸笑出了血氣。

他說過，世間想殺他的人都死了，他沒有開玩笑。她落在他手裡，即便他用得到她，但讓她求生不能求死無路的手段他並不缺，他卻一根汗毛都沒傷她。

他難得對一人有惜才之心，本想尋到出路後，只要她肯跟隨他，他便可不殺她。如今看來，只能把她的命留在此處了！

呼延昊森涼笑起，殺機冷如冰，人影虛晃，殿柱忽被踏碎！翠珠滾落，金石地上清脆一響，金殿半空，呼延昊踏縱向前，笑意森涼，殘忍如狼。

暮青未退，她已在一門邊，忽然抬手向後一砸！

壁上一石，金雕彎月，受力內凹之時，忽有沉鐵聲動！

那一刻，他在半空，她在門邊，遙遙相望，時辰逝如流沙。

他在半空盯住她，看見她眸中有他不解的光。

此處圓殿有九門，自蛇窟進來時她便數過了。她沒來得及探查所有的門，只看過附近三道，得出的結論有三。

第一，三岔路是勇者的試煉，中路有蛇窟，左右兩路便應有機關坑。蛇窟有進入此殿的暗門，左右兩路的機關坑裡也應該有。因此，圓殿中應有三門通向三岔路的蛇窟和機關坑。

第二，蛇窟在中路，此殿左右兩門其中一門應是她在三岔路口所擇的右路。蛇窟門上繪有月圖，左右兩門一門繪的是太陽，一門繪的是古木。將圖形進行適當添加或者簡化，月亮為蛇，太陽為圓球，古木為滾輪，分別暗示蛇窟、鐵球林和碾壓型的鐵輪機關。

第三，她看過的三道門，旁邊牆上都有一塊磚石機關，金雕彎月，機關都一樣。此殿要想出去，開門的機關不需要費心尋找，需要費心思的是破解門上的圖形，只有一道門才是正確的出口，只有一道門才能把殿中黃金神甲運出去。

她暫不需要考慮黃金神甲，她要先與元修三人會合。

他們三人若是不笨，應該能推測出她被呼延昊帶進了中路，元修與草原五胡打了十年交道，應該知道呼延昊身上有驅蛇藥，她跟在呼延昊身邊不懼毒蟲。元修身為西北軍主帥，她信他有決策之能，會做出正確的判斷，帶著月殺和孟三繼續走右路。右路的機關她已告知過他們了，但沒告訴他們有機關坑。以元修和月殺的身手，過那機關坑應該有驚無險，她擔心的是他們會去開盡頭那門。

地宮主人在挑選繼承者，沒有入蛇窟或者機關坑的人便不具備大勇之才。黃金神甲既然藏在此處，即表示地宮的試煉到了盡頭，那麼沒有通過試煉之人，自然就沒有再走下去的必要。

那門後一定有殺招！

這一路她不想浪費時間，早些進來就是為了尋找去鐵球林機關坑的門。只是那機關坑裡必定刀光劍影殺招極烈，她若想在其中保命便需要神甲，她這才小施計策得了此甲。

此刻神甲在身，萬事已備，只望元修三人沒開那門。

暮青背對石門，腳下金石晃動，呼延昊離她有一丈！

沉鐵扯動，鐵鍊滾滾，拉動石門，呼延昊離她有三尺！

石門緩緩抬起，呼延昊離她有一尺，望見暮青身後，目光忽變！

暮青聽見滾滾浪聲，倏一回頭，石門忽開！

巨浪撞向暮青，暮青腳下一滑，凌空被浪一打，飛撞向呼延昊！呼延昊正運力，胸前被暮青一撞，悶哼一聲，氣力一散兩眼一黑，兩人一同被巨浪捲倒！

倒下的那一刻，暮青依稀瞧見石門口機關坑中刀光森森，有人被浪衝進來，月殺在水裡游著，元修離他不遠，攬著孟三。

暮青反應敏捷，翻身便要起來，腰身一用力，卻發現扭轉不動。

身後，有人抓住了她！

暮青心頭一凜，轉頭一望，呼延昊對她露出森涼的笑，扣住了她的脖頸。

「別動！」呼延昊拖著暮青從水裡退向圓殿中央堆著黃金神甲的青銅高臺，望著從水裡起身的元修、月殺和孟三三人。

三人發現暮青不見了之後曾回去尋找，在來路上找到了另一條石階，上去後發現是呼延昊所進的白玉甬道，這才猜測她是被呼延昊給劫持了。

月殺欲追進中路，元修將其攔了下來，他猜出呼延昊身上帶著驅蟲藥，也能猜出他劫持暮青的目的，因此知道暮青暫時無險。若他們到中路救暮青，將她帶離呼延昊身邊，等於將她置身於毒蟲之險裡，他們未必能全身而退。他斷定三條路的出口應在同一條路上，因此決定仍舊走右路，出了右路再救暮青。

只是沒想到他們在右路裡竟然遇見了機關坑，有驚無險地越過去後，見路盡頭有道石門，牆上有明顯的機關，他們按下去後，門是開了，門後卻是洶湧的暗河。

暗河水將他們沖下了機關坑，坑裡竟有道暗門，只是四周刀光劍影，頭頂大水沒頂，誰也不知開啟暗門之法，眼看將要沒頂，暗門竟從裡面打開了！

元修帶著孟三起身，孟三身中數刀，已經昏迷。元修將他倚著殿柱放下，看也不看殿中的黃金和神甲，只望向暮青。

「呼延昊，放了他，你要的我不跟你搶。」元修道。

「大將軍是在與本王談條件？」呼延昊大笑，嘲諷道：「聽聞西北軍自詡戍守國門之軍，不與敵軍談條件，一字不談，一步不退！本王如今所見怎與舊日聽聞的不一樣？」

元修的眉宇沉寒如鐵，不答只問：「你要如何才肯放他？只要你說，你敢要，我就給得起！」

呼延昊大笑道：「大將軍愛兵如子，甘為一人棄西北軍鐵律，本王佩服！只可惜本王不傻，放了他，本王如何出去？」

那機關坑的石門久不見落下，水不斷湧入，大殿恐怕要被淹。還好黃金和神甲都在高臺之上，一時半刻淹不到，若能尋到出路，許有運出去之法，而出路只有眼前這小子能告訴他。

「你還是落入了本王手裡。」呼延昊湊近暮青耳旁，笑道：「你可聽見了？大將軍與本王談條件，那本王就給他個條件。你來告訴本王哪道門是出路，不說本王便要大將軍自毀一臂。西北軍主帥元修，神臂蓋世，百步穿楊，若廢了一臂，那可真叫人可惜。」

呼延昊說著，忽然握住了暮青的手，她的手纖柔無骨，他心頭古怪之感又生，卻因亟欲尋出路，沒空多思量，對元修和月殺道：「別輕動，動一回，本王斷他一指！」

說罷，他又對暮青道：「看見殿中的水了嗎？淹一寸，本王斷你一指，想保住你的手就別拖延時辰，告訴本王何處是出路。」

孟三重傷，暮青知道沒有時間可耗，呼延昊等不起，他們也等不起。

「門我未看完，帶我走一圈，全部看完。」她道。

呼延昊帶著她便下了高臺，在殿中走了大半圈，回到高臺時，低頭撫著她的手指問：「看出來了嗎？」

暮青剛看完，他便問，不同於蛇窟裡的戲謔，這回他是真的動了殺意。斷指之憂，時辰之迫，他倒要瞧瞧她還能不能屏棄雜念，去想那出路在何處。他倒要瞧瞧，他斷她幾指時她能想出來。

「西北門，水門。」暮青道。

呼延昊的動作忽然僵住，半晌，森然一笑，扣住她喉嚨的手倏地捏緊，「你以為本王好蒙騙？」

隨意說出個門來，她以為便能蒙過他，逃脫斷指之痛？

「蒙騙？你的大興話想來是沒學好，蒙騙乃靠蒙來騙人之意。你認為破解一處圖形謎題我需要靠蒙，還是騙你我需要靠蒙？」暮青頗為不滿。

呼延昊：「……」

他方才的話，似乎這不是重點！

「好！那你說為何是水門？說服不了本王，本王便斷你一臂！」呼延昊氣得一笑，捏住暮青的手腕便將她的手臂壓向背後。她真有把人氣瘋的本事，變著法的罵他蠢笨。

「圓殿有九門，日、月、木、水、沙、石、雲、雷、星。日為圓球，月為蛇窟，木為滾輪，簡單的圖形加減法。」

「哦？如此說來，水、沙、石、雲、雷、星之門後又為何路？」呼延昊問。

「你若如此想，永遠也解不開此題。」暮青卻道。

「何意？」

「我都說了是簡單的圖形加減法，你認為以暹蘭大帝的心思，他會出如此簡單的謎題給我們？」

暹蘭大帝，大漠古國一代驚才絕豔的開國大帝，淵博，深沉，傲視天下。他的驕傲怎容許他設下如此不入流的謎題？若如此簡單便能解開，以他的驕傲，他會寧肯不出此題，直接放他們離開。

「九門上的圖形，最容易加減的便是日月木，此三圖卻恰恰在三岔路的門上，只能說明是專門為我們準備的。我們進入此殿，乍一看殿中有九門，一時不知出路，最易先從進門處開始查探，然後便很容易得出圖形加減這個結論來。以常態思維，我們會以為其他門也是如此，於是便會絞盡腦汁去思索那些水、沙、石、雲、雷、星加加減減會是何物，哪道門之後會是出路。但出題之人豈是常人？一路行至此處，若還不知暹蘭大帝的性情，以常態思維去解他的謎題，那被困死在殿中為這些寶藏陪葬也怪不得旁人。」

「……」

「此殿九門上的日月星木不過是障眼法，一個都沒用！」

「那你要本王帶著你把門上之圖都瞧遍？」呼延昊咬牙，她戲耍他？

「我是看了殿門，不過只是順道，我要看的是八柱臺。」暮青瞥一眼青銅高臺下那燃著熊熊火焰的火盆，火盆下的柱上所雕之景栩栩如生，如跨越千年的時光，被熊熊火焰照著，映在大殿壁上，鮮活如昨。

呼延昊轉頭望去，箝制著暮青的手勁卻半分未鬆。

「八柱臺上的故事才是打開出殿之路的鑰匙。」暮青望著那殿壁上隨火光起舞的人影，好似觀看走馬燈，看一場千年古國的舊景，「柱上所雕乃暹蘭大帝率臣民拜天求雨、治沙遷徙之景。太陽門前的柱上雕著一男子，身穿大巫之袍，執神杖登祭臺，率百官拜太陽神。木水二門附近柱上雕著巫袍男子率百姓植木固沙之景。沙石附近的柱上則雕著飛沙走石、百姓遷徙之景。雲雷二門附近的柱上雕的是巫袍男子率百官祭祀求雨，天空卻電閃雷鳴，大漠少雷，百官聞雷聲以為上天要降罪帝國，驚恐跪拜上天。有趣的是月門和星門附近的柱上，兩柱雕的竟然一樣，都雕著巫袍男子登高臺夜觀星相之景。」

「那巫袍男子既率百官祭拜神靈，又率百姓植木固沙，他應該就是暹蘭大帝，集神權與王權於一身，知天文曉地理，通達人心，極盡機關之道，世間大才。兩柱上之景雕得一樣，我覺得是為了告訴我們讀此故事的順序。故事應該從雲雷附近的柱上讀起。一日，他率領百官祭祀求雨，天上忽然電閃雷鳴，上天似降不祥之兆，因此他夜觀天象，次日率百官參拜太陽神，夜裡繼續夜觀天象，但兩次所見應該都為不祥之兆，他開始率百姓防治風沙，可是風暴還是來了，百姓只能遠離家園，遷徙遠方。」

呼延昊聽著，愈聽劍眉鎖得愈緊，問道：「這與水門是出路有何關聯？」

「我問你，桑卓神湖何時出現的？」暮青忽問。

「傳聞有草原五胡時，桑卓神湖便在了。」呼延昊不知她為何有此一問，但還是耐著性子答了。

「那五胡部族何時出現在烏爾庫勒草原上的？」

「少說七、八百年了。」

「那暹蘭古國何時消失的？」

「千年前！」呼延昊耐心耗盡，沉聲道：「別繞彎子！」

「我告訴你出路在水門，倒是夠直接，一點彎子都沒繞，但你不信。」暮青冷聲道，他以為她願意在此時跟他繞圈子？還不是因為不如此解釋，他聽不懂！

「你難道沒有想過，暹蘭古國建於大漠深處，暹蘭大帝的陵寢為何會建在此處？此處離桑卓神湖只有百里！」暮青道。

呼延昊忽愣，腦中有閃念一過，難道……

「沒錯，草原五胡應是暹蘭大帝的後人。」暮青一語道破，「此殿中的故事只到百姓遠離家園遷徙遠方，未曾告訴我們古國的百姓遷徙到了何處。但既然暹蘭大帝的陵寢離桑卓神湖只有百里，那麼暹蘭古國的百姓很可能是沿途遷徙到了烏爾庫勒草原。草原五胡的歷史始於七、八百年前，而暹蘭古國消失於千年前，這兩、三百年的時間應該便是百姓建立家園、五胡部族形成的時期。」

地宮這一路行來，行得愈深，她心中的疑惑愈深。那時並不能肯定地宮的主人便是暹蘭大帝，但若真是，千年前暹蘭古國因一場黑風暴一夜之間傾國覆滅之說，便有些立不住腳。暹蘭大帝那麼驚才絕豔，帝國怎會一夜之間覆滅？今日，歷史之謎終於解開了，暹蘭古國並非神祕消失了，而是暹蘭大帝帶著他的子民舉國遷徙了。

草原五胡便是暹蘭古國之後。

暮青之言不僅讓呼延昊愣了，也讓元修愣了。

誰能想到，世人以為神祕消失了的暹蘭古國竟然不曾消失，只是改了面目延續至今？

八柱臺的熊熊火光點亮了呼延昊青幽的眸，他是暹蘭大帝的後人，落此地宮，見此寶藏，一切果然是天命所歸！他心潮澎湃，扣住暮青脖頸的力道不覺一頓。

這一頓，暮青忽動！

她等的便是這一刻！

她頭一仰，狠撞上呼延昊的下巴，同時手腕一擰，蹲身後背貼著他的前身往下一滑！

呼延昊下巴一痛，往後一仰，見暮青趁此空隙手腕從他手中擰開，身子一矮便要從他的手臂和前身的禁錮中逃出，他心頭驚怒，眸中殺機一現，手臂一緊急忙撈她。

這一撈，兩人一起驚住！

呼延昊的一臂本禁錮著暮青的腰身，她逃脫之時蹲身下滑，呼延昊手臂一收時她正滑到一半，那手便從她腰身移到了腋下，手掌正覆在她胸口！

神甲薄軟，甲下衣袍不過兩件，男子手掌覆在其上，掌心裡那柔軟雖有些平坦，但絕非男子胸膛的堅硬！

那一刻，似有什麼刺了掌心，連心頭的殺機都刺得一碎。

那一刻，呼延昊人生裡頭一回忘了反應，元修縱來，月殺手中絲刃疾射，他竟無所覺。

那一刻，暮青怒踩了他一腳，猛一推他的手臂，從他的禁錮中逃脫了出去。

呼延昊伸手一撈，指尖只來得及觸到她領口。獵物從手中逃出，身側有兩道殺招即刻便到，眼看著再抓不到她，出於本能，他一掌擊向獵物後心！

那一掌打出時，元修的拳風到了，男子拳風剛猛，裂蒼穹，破八方，砸得呼延昊掌風一散！

但呼延昊的掌力先出，元修的拳風後到，暮青後心還是受了些掌力，只是這掌力被元修擊碎一層，神甲擋了一層，打在她後心時她只覺得眼前一黑，腳下一軟，身子向前撲倒。前頭一只盛滿神甲的青銅巨箱，眼看著她便要撞上銳利的箱角。暮青奮力一斜，額頭擦著箱角而過，血嗤地湧出，她翻身滾下了高臺。

那一刻發生了很多事，暮青滾下高臺，呼延昊仰避過月殺的殺招，絲刃繞上青銅高臺後如山的黃金，金山一倒，呼延昊就地一滾，左臂被砸中，知覺頓失，他卻敏捷不減，蹬退下了高臺。

元修欲追，聽見身後響動，回身時見暮青滾下高臺，飛身去接！

月殺去追呼延昊，他不知暮青所言是真是假，若是假的，萬一那門開了其他出路再打不開，或者呼延昊出去將門關了，他們被困在殿中無法脫身，結局一樣是險。

元修接住暮青，抱著她在水裡一滾便站了起來，兩人衣衫皆溼，這般貼著，元修心頭莫名有些古怪感，被暮青貼著之處似燒起，他險些沒把她丟出去！

手鬆開，他才驚覺，趕忙大手一撈，這回改抱為拎。

元修拎著暮青，見到她閉著眼，半張臉被血水染了，額角血湧，殷紅刺目。

「周二蛋！醒醒！」

暮青卻沒醒，她自進地宮數日未食，為解機關又心力交瘁，方才受了呼延昊一掌，又磕了額角，哪還醒得來？

元修將暮青拎回高臺平躺，拿袖口按住她的額角，見血流不止，忽想起她身上帶著三花止血膏，便想拿出止血。衣袖拿開時，目光落去她額角，忽然愣住。

她戴著胡人面具，額角被擦破，面具也劃破了道口子。許是方才拿袖口按住她額頭時揉開了些，那面具自豁口處翻了開，裡面……似乎不太對勁！

那裡面瞧著還有什麼翻著，原本薄如蟬翼，翻起後瞧著厚實了些。

元修盯著暮青額頭，眉頭死死皺著，面色微沉。瞧了片刻，他懶得猜，一抬手，將那面具刷地揭了下來！

那張胡人的面具揭在手中，露出少年原本的粗眉細眼，那眉眼平平無奇，面色蠟黃，活像幾輩子沒吃飽飯。

元修盯著那蠟黃的臉色，眉頭皺得更緊，她失血昏厥，臉色怎不蒼白？再望她額角的一小塊翻起，他眉宇更沉——又一層面具！

元修望住那一張熟悉的少年眉眼，忽覺陌生。她易了容，他所熟悉的眉眼並不是她的真容！

那一刻，他的心緒複雜難言，許多念頭在他腦海裡閃過。

——她為何要易容從軍？奸細？敵國的？朝中的？哪一派？

——人皮面具重抵千金，她哪裡得來的？背後之人是誰？

——江南從軍，青州山、呼查草原、上俞村，智救新軍，勇敵馬匪，意有所圖？

——大將軍府破呼延昊之計、靈堂外的安慰、大漠之行、狄部之戰、地宮裡一路相救，假的？

心緒太雜，謎題未揭開，只在心頭過，他便覺得有難以承受之重。但男兒在世，坦蕩磊落，他戍守山河戰場殺敵，不懼馬革裹屍葬大漠，自也不懼人間詭詐如刀。

若這一路相護相救是假，不過是一刀，刺一片鮮血淋漓，痛也痛個痛快好了！

元修一笑，那笑慘然，下手一揭，卻乾脆灑脫！

那面具順著少年翻起的額角揭起，殿中忽靜，纏鬥似休，水漲似歇，天地間唯剩一副清卓容顏。

青銅臺冷，火臺灼熱，那人兒躺著，人間清獨色，滿殿金玉瓊翠，那人獨在其中，忽見青山外，遠煙碧，青竹孤生，夢裡絕。

元修在青銅臺邊，手中一張少年面具，面前一張少女容顏，忽覺心難動，意難動，唯有記憶如潮。

校場騎馬摸那少年腿、將軍亭裡寬衣解帶、甬道裡那探來腹下的纖手……記憶砸碎那慘然笑容，元修心頭不知是驚是喜，只如潮湧，未品出滋味，耳根先紅！

許久，一念才漸浮上心頭，難以置信。

她……是女子？

元修揭下暮青面具時，呼延昊避在八柱臺後，渾身染血。

月殺逼得緊，數次險取呼延昊性命，卻縛手縛腳，難以施展全力。殿中處處是機關，不知何處可毀，何處不可毀，呼延昊與他纏鬥數招便知曉了他的忌諱，偏往殿柱和火臺後避，他心中正暗罵這胡崽子狡詐時，忽聽他大笑一聲！

「西北三十萬軍，竟封一女人為將！大興兒郎都死光了嗎？」

那笑聲狂放，嘲弄，帶幾分血氣，聲震殿梁。

元修霍然抬頭，月殺驚住，絲刃偏走，呼延昊馳退向一殿門邊，一砸壁上磚石！

殿門開時，他矮身一滾，不待殿門全然升起便滾出了殿去。

水門，她給出的出路。他原以為殿門後會連著暗河，但殿門開啟時並未見河水湧入，殿門漸升，殿內火光照來，照一地乾涸的河床，細沙如雪。

這一生，血裡復仇，草原王座，十年深埋在心，未曾有一日淡忘。

這一日，黃金神甲觸手可得，功成如此近，卻終敗走。

人生裡難以抹去的敗績，他似乎並不太悔恨，心頭一道斑斕色彩不知起於何處，讓多年後他想起地宮之行，只記得光影交錯的天地裡，那河床細沙，那青銅高臺，那黃金神甲，那躺著的人。

那人兒蒼白的容顏似沙裡雪，未看清，便已遠去。

容顏不清，那呼查草原、那大將軍府、那狄部夜晚、那白玉甬道、那蛇窟之行，卻在心頭一遍遍明晰。當他起身，忽生大笑！

除了阿媽，這世上竟還有一個女人，足以叫他記住！

河床沙如雪，前路深寂寥，他踏沙行遠，如孤行的蒼狼。

他的草原王座，似缺一后，她還不錯！

月殺沒有追出去，他趕回青銅臺，所見卻比他想像中更糟。

原以為呼延昊那一句會讓元修識破暮青的身分，未曾想他竟揭了暮青的面具，見了她的真容！

元修見了月殺的臉色，心中便已明瞭。越慈果然知道她是女兒身，他的身分不淺，身手頗似殺手，兵刃獨特，讓他想起江湖中有一門——刺月門！

此門極盡江湖情報與暗殺之能，出現於十年前，來路神祕，無人知曉門主是誰，只知此門行的是買賣人命和江湖消息之事，刺部負責江湖暗殺，月部負責江湖情報，只有付不起酬勞的買主，沒有他們行不成之事。

下俞村那百名馬匪弓手，匪寨裡一夜死了的大小頭目，他原先一直想不通是何人所為，此時想來，應是刺月門！怪不得當時他想不出西北地界上有何門派想幫西北軍，卻不願意留下名號，若是刺月門倒是說得通了。只是他們想幫的應不是西北軍，而是她！

她的身手在江湖上未曾見過，刺月門行事神祕，她或許是刺月門之人，他未見過此等身手倒說得通。可她的行事作風，並不似江湖人士，且她不會內力，會是刺月門之人？

那便是她與刺月門有淵源？不然刺月門的殺手為何在身邊保護她？

元修心中疑問重重，若非此時不宜追根究柢，他定不會在月殺面前裝作何事也不知。

「大將軍有話要問儘管問！出了這地宮，談話可就不這麼方便了。」月殺卻忽然開口。

元修詫異地看向月殺，他還以為他會遮遮掩掩，未曾想他倒乾脆！他頓時冷笑一聲：「越慈，月刺！你想本將軍問什麼？」

元修自嘲一笑，刺月門的手都伸到西北軍中了，他竟未發覺。

月殺並無驚詫，他的兵刃一出手時便知道元修會識破他的身分了。既如此，他怎會由他出了地宮再問？一出地宮，元修便是西北軍主帥，他若審他們，西北邊關三十萬軍，如何逃得出？不如此刻便攤開來談，談得攏便一起出地宮，談不攏便在此一戰，若能替主子除去一大患也是不錯。

地宮機關重重，西北軍主帥不幸死在地宮裡，真相永不會被世人知曉。

但此念只是心頭一過，月殺便壓下了。主子所布之局，元修不可缺，此人還不能死。雖然他極想在此除了元家嫡子，但不能壞了主子的布局。

「也是。大將軍有事不該問我，該問她。她為何來西北軍中從軍，要她告訴你。我只是受門主之命，前來軍中保護她而已。」月殺道。
他並不怕說出主子來，主子派他來西北軍中時就料到許會有這麼一日，刺月部有江湖身分遮掩，元修是猜不到主子身上的。
主子深沉莫測，所布之局從無遺漏，十年來刺月門趁著在江湖上行事之機，散出真真假假的消息無數。十年了，消息駁雜，真假似網。官府、江湖，想查他們的不知有多少被帶入局中，終為主子所用。
主子既派他來軍中就不怕他身分暴露，上俞村時，他答應去葛州城求救，並非是怕身手暴露連累主子，而是出去聯絡暗樁的。只是暮青不知刺月部還有一重江湖身分，一直在閒操心而已。
「她是你們刺月門之人？」元修問。
「不是。」月殺答。
「那你們門主命你保護她？」元修盯住月殺，眸光銳利如鷹隼，似要瞧出他所言虛實。
月殺冷冰冰地回應元修的注視，眸中忽有惡意，「自然，她是我們門主的女人。」

元修忽愣，久未動，火光照著他的容顏，漸白。

圓殿華闊，金山瓊翠，男子立在青銅臺上，腿腳似被金石灌注，動彈不得。

月殺滿意地看了眼元修，心情總算不那麼糟糕了。談得攏談不攏，如此結果似乎都不錯。

他低頭看向暮青，她躺在青銅臺上，眉心緊蹙，氣息頗沉。她額角的割傷不淺，這會兒血已凝了些，但深些之處血還在淌。她穿著神甲，點穴止血不得，只得擦些藥膏，而藥膏在她身上。

嘖！

月殺蹲身，伸手。

手剛伸出，忽有拳風馳來！月殺目光寒如霜，望向自己的手腕，元修正一把握著，力如鐵石，問：「你做何事？」

「拿藥！」月殺咬牙道。

「她是女子！」

「又如何？」

「你！女子衣衫豈可輕觸，你想壞她清譽？」

月殺冷笑一聲：「她的清譽，大將軍給她看大腿時就沒了。」

元修似被雷擊中，腦中一白，耳根忽紅！

他以為她是男子，將她像軍中漢子般對待，哪知會有女子混在軍中！

月殺一把將手腕收回，拿出獨門絲刃來，圈成一圈，並未觸碰暮青的衣帶，只是順著衣衫一側將絲刃伸進去一套，眨眼工夫套出只藥膏盒來，冷著臉打開，給暮青抹到了額角上。

藥膏抹上後，月殺便把藥膏拋給元修，問：「大將軍是否該把面具給我？」

元修一愣，面具他還拿在手中，頓時將兩張都給了月殺。

月殺深看了元修一眼，他既然肯把面具還給暮青，即是不願意她以女子身分出現在地宮外，那便是有意替她隱瞞身分了。

看來今天算是談攏了。

元修給孟三上了藥，走回青銅臺上時，月殺已將兩張面具都給暮青戴了上。

水尚未淹到青銅高臺，但黃金和神甲憑兩人之力終究是運不走的，只能一人拿一件穿上，隨後月殺抱著暮青，元修背著孟三，四人一起出了水門。

乾涸的河床延伸出一條不知走向何方的路，而四人剛出來，身後的殿門便忽的關上了！

元修和月殺回頭，見殿門閘落，緩緩降下，華殿、金翠、神甲、八柱臺、暗河水，隨著殿門落下緩緩不見了。火光漸失，河床如雪的細沙沒入黑暗，元修和月殺卻望著殿門，久未動。

他們剛出殿，殿門便關了，為何如此湊巧？

呼延昊離開後許久他們才出殿來，一出來殿門便關了，為何呼延昊出殿時殿門未關？

元修不解，他以為殿門不會再關，因暮青此前開的太陽門便一直未關……不對！

圓殿九門，只有一門是出路，他們卻打開了兩門，一門是暮青打開的太陽門，一門是呼延昊打開的水門。

既然出路只有一條，暹蘭大帝不該允許他們開啟兩次殿門才是。暮青在殿內打開了太陽門，其他殿門應該再打不開才是。

可呼延昊為何能打開水門，殿門開後又為何沒關上，一直待他們都出來後才關？

疑團太多，元修想不明白，他轉頭看向月殺懷裡。或許，只有她能揭開這地宮最後的謎團。那少女昏睡著，臉上戴上了面具，眉眼融在黑暗裡，瞧不清，那一瞥的真容卻清晰地浮現在眼前，與黑暗中的眉眼重合，似真似幻。

這地宮祕寶與她那匆匆一瞥的容顏一般，此一生不知還能否再見。

門主……

元修深望暮青一眼，轉開臉，深吸一口氣，溼涼的氣息入喉，他忽然一愣，道：「有暗河？」

「看看就知。」月殺抱著暮青便往前走。

離開時，月殺瞥了眼殿門。關上也好，省得神甲運出去成了元家之物，平白給陛下添阻。不過地宮已暴露，呼延昊出去後必會派人來探，與其留給胡人或者西北軍，不如他回去讓刺部來摻一腳，得不到便毀了地宮，誰也別想把神甲帶走。

元修也瞥了殿門一眼，也好，如此祕寶就永遠留在地宮也不錯，否則神甲軍一建，天下局勢必變。

兩人各懷心思，不知行出多遠，兩人在前方發現了淺淺的暗河水，水邊有腳印，應是呼延昊留下的。元修和月殺順著走了一陣兒，河水漸深，暗道卻窄了起來。

暗道盡頭，只見一潭深水，再無去路。

地宮離桑卓神湖近，神湖連著窟達暗河，這潭應該通著窟達暗河。

兩人一商量，元修便下水探了路。水下果然有出路，上頭是草原邊線，離大漠不遠，窟達暗河的支流孜牧河。

水裡無險，只有些暗流，兩人封了暮青和孟三的穴道，閉氣潛游，出水時只見金紅染了暗河水，豔麗如血。

正值傍晚，夕陽斜照大漠，青草連綿，孜牧河蜿蜒如帶，河塞遼闊，一目萬里，金紅照人，壯美如畫。

上岸後，月殺匆匆解了暮青的神甲，穴道一解，又幫她將神甲穿上。元修扶起暮青和孟三，同時為兩人以內力驅寒。

兩人衣衫盡乾，氣息勻暢之時，只見漠色黃風起，有馬蹄聲遠來，不一會兒便上了山丘，馳逐如黑龍。

西北軍！

元修身上帶著響箭，他方才探路時便發了響箭出去。來的將領是戍守石關城的右將軍趙良義，身後所率有四、五千騎，遠遠見元修立在河邊，趙良義不待馳來河邊便躍馬而下，「大將軍！」

大將軍沒死！

「大將軍！」黑黝黝的精瘦青年奔來元修身邊，未開口眼圈已紅，「您沒折在那地宮裡？」

「地宮？你們見著地宮了？」

「見著了！那裡面的機關可真難搞！死了不少兄弟！」

「派人去，要他們撤出來！」

「這……恐怕不成！您不知，大公子來了軍中！」

元修面色頓沉，元睿？

「您落入流沙後，老將軍千里傳信朝中，大公子便領了青州軍來西北尋您，前日剛到！那時候，魯將軍已派人自軍中運來了攻城木，撞開了地宮殿裡的兩門。」說到此處，趙良義牙都咬碎了，氣得發狠，「那地宮主人太毒辣，石門是空的，裡頭都是毒蟲，死了不少將士。魯將軍命人撤出來，大殿裡倒上火油又燒了一遍，那些毒蟲卻逃竄到了裡頭。」

「前日，大公子帶了青州軍來，親自下地宮尋大將軍，把青州軍將士的命往裡填，死一批便運一批出來，說是尋不著大將軍就叫將士們在地宮裡給大將軍陪葬！魯將軍也勸不聽，如今裡頭已不知死了多少人了。您說讓人撤出來，末將估計是難！」

元修愈聽臉色愈沉，「胡鬧！傳信給魯大，讓他把元睿給我丟出地宮！不出來就打暈綁出來！」

趙良義一聽，嘴快咧到耳根後，笑道：「好咧！」

大將軍發話就好辦了！

別說綁了元睿，就是把天王老子綁了，他們都敢幹！

趙良義邊笑邊往沙丘上奔，腳下忽然一停，呃了一聲，一拍腦門，回身望住元修。

「怎麼？」

「忘了告訴您一件事……」

「何事？」

「帝駕，來了西北。」

帝駕也是前日到的西北。

西北未設行宮，驛館多年未修繕，顧乾曾奏請帝駕歇在葛州城，可聖上執意要來邊關軍營，顧老將軍只得將帝駕安排在了石關城內的武衛將軍府中。石關城是西北邊關五城裡最內的城池，比嘉蘭關城安全許多。所幸聖上這回沒再固執，准了顧老將軍的安排，暫歇在了石關城。

這些日子地宮裡可熱鬧著，西北軍、青州軍、御林衛都在尋元修。如今元修找到了，首要之事自然是回關陛見。元修命趙良義先派人往地宮和關城內報信，隨後便由五千騎兵護衛著，直馳回關。

暮青和孟三有傷在身，途中都發了熱，孟三熱症重些，一直不見好，暮青兩日便退了熱，只是虛得很，醒醒睡睡，如此一路走了五日，在第六日晌午前回了關城。

孟三被送往醫帳，暮青被安頓在了大將軍府中。

還是上回暮青所居的客房，元修撤了人去，只留了月殺在房外守著，隨後回房沐浴更衣，穿戴齊整出了房門時，已是晌午。

男子負手門廊下，穿戴一身紅袍銀甲，墨髮雪冠，日色烈，銀甲虛人眼，眉宇冽如霜，問：「元睿的傷如何？」

趙良義在外候著，道：「中毒很深！軍醫施針封著脈，魯將軍正派人急送回來。」

軍令送到地宮時晚了一步，元睿下了地宮，被毒蟲咬傷了。青州軍伐木為架，將他抬出地宮時已耗了半日，那時他中毒已深。那毒蟲不似大漠之物，毒頗為難解，軍醫只能施針封了元睿的脈，魯大派人領著青州軍將領吳正將他急送回來，大概明早就能回關了。

「先去石關城面聖！」元修面色沉著，大步下了石階。

一品仵作 參
MY FIRST CLASS CORONER

作　　者／鳳今
發 行 人／黃鎮隆
總 經 理／陳君平
經　　理／洪琇菁
總 編 輯／呂尚燁
執行編輯／陳昭燕
美術監製／沙雲佩
美術編輯／方品舒
國際版權／黃令歡、梁名儀
企劃宣傳／邱小祐、劉宜蓉
文字校對／施亞蒨
內文排版／謝青秀

國家圖書館出版品預行編目資料

一品仵作（參）/ 鳳今作. -- 初版. -- 臺北市：
尖端, 2021. 05-
冊；　公分
ISBN 978-626-301-003-1（第 3 冊：平裝）

857.7　　110004650

出版／城邦文化事業股份有限公司　尖端出版
台北市 104 中山區民生東路二段 141 號 10 樓
電話：（02）2500-7600　傳真：（02）2500-2683
讀者服務信箱：7novels@mail2.spp.com.tw
發行／英屬蓋曼群島商家庭傳媒股份有限公司城邦分公司　尖端出版
台北市 104 中山區民生東路二段 141 號 10 樓
電話：（02）2500-7600　傳真：（02）2500-1979
劃撥專線：（03）312-4212
戶名：英屬蓋曼群島商家庭傳媒（股）公司城邦分公司
劃撥帳號：50003021
※ 劃撥金額未滿 500 元，請加付掛號郵資 50 元
法律顧問／王子文律師　元禾法律事務所　台北市羅斯福路三段三十七號十五樓

台灣地區總經銷／中彰投以北（含宜花東）　楨彥有限公司
電話：（02）8919-3369　　傳真：（02）8914-5524
雲嘉以南　威信圖書有限公司
（嘉義公司）電話：0800-028-028　　傳真：（05）233-3863
（高雄公司）電話：0800-028-028　　傳真：（07）373-0087
馬新地區總經銷／城邦（馬新）出版集團 Cite（M）Sdn Bhd
電話：603-9057-8822　　傳真：603-9057-6622
E-mail：cite@cite.com.my
香港地區總經銷／城邦（香港）出版集團 Cite（H.K.）Publishing Group Limited
電話：852-2508-6231　　傳真：852-2578-9337
E-mail：hkcite@biznetvigator.com

版　次／ 2021 年 5 月 1 版 1 刷　Printed in Taiwan